メディアワークス文庫

新装版 恋空
－切ナイ恋物語－（下）

目　次

六章　恋旅

二年後の真実

「ジングルベ～ルジングルベ～ル鈴が～鳴る♪」


——十二月二十四日。

今日は大学生になって初めてのクリスマスイブ。

今年のクリスマスイブは、今までとはちょっと違う。

なぜなら……美嘉《みか》は優《ゆう》の家で同棲《どうせい》を始めたからだ。

「俺んちに来たらええやん！」

三日前……家賃が払えなくなり、もっと安い物件を探すために不動産屋に行こうとしていた美嘉に、優はそう言った。

「それって同棲って事!?　いいの??」

「そうやで。そしたら毎日一緒にいれるやろ？」

その言葉に甘えて、最低限の荷物を持ち、美嘉は家を引き払う事にした。

家具家電はすべて売り、しばらく生活できるお金はある。

両親に報告するため二人で美嘉の実家に足を運んだが、意外にあっさりと承諾を得る事ができた。

きっと優の人間性のお陰だと思う。

洗面所には二本の歯ブラシ、食器棚には色違いのコーヒーカップ。

そんなささいな事がなんだか新鮮でうれしい。

今日のクリスマスイブは、同棲してから初めての行事だ。

折り紙を細長く切ってノリで貼りつけた輪っかをいくつもつなげて天井に飾っていく。

「美嘉〜もうツリーに星乗せてええか？」

「ダメ〜!!　それは美嘉がやるの〜!!」

昨日二人で買った大きなもみの木にライトを飾りつけて、残るは一番上のメインの星を乗せるだけ。

もみの木のてっぺんに手が届かなかった美嘉の体を、優が後ろから持ち上げ、星は飾られた。

部屋の電気を消してライトを点灯してみる。

「うわぁ〜きれい!!　めっちゃきれい!!」

色とりどりのライトがピカピカと点灯していて、それはまるで昔、優と見た夜景のよう。

「まぁ、あとはパーティー始まってからのお楽しみやな！」

「はぁ～～い!!」

部屋の電気をつける優に向かって美嘉は唇をとがらせた。


次はスーパーへ夕食の買い出し。

「美嘉がこれ着たら絶対似合うで♪」

優が指差すのは店頭に並べられたサンタクロースの衣装。

女の子専用なのかワンピースになっている。

「へ～こんなのあるんだ～!!　可愛《かわい》いねっ!!」

「買ったるか？」

美嘉は衣装に手を伸ばす優の手を止めた。

「ダメ～!!　今月のガス代高かったんでしょ!?　節約節約ぅ♪」

「え～美嘉なら絶対似合うと思うんやけどなぁ」

衣装を我慢して本来の目的である料理の材料をカゴに入れる。

お会計をするためにレジに並んでいた時……。

「あ～卵入れるの忘れとったわ。美嘉悪いけど取ってきてくれるか？」

「はぁ～い!!」

あれ、確か卵って、一番最初にカゴに入れなかったっけ？　ま、いいか。

戻ってきた時にはもう会計を終えてしまったのか優はどこにもいない。

一人でレジに並んでいると、遠くで優が袋から卵を出し美嘉に見せている。

やっぱり卵あったんだ!!　卵を戻しに行くために再び走る美嘉。

店の中を往復し、息切れしながら優の元へと向かった。

「卵あったの～⁇」

「あったみたいやわ。ごめんな！」

……なんだかちょっぴり嘘《うそ》くさい。

家に帰りさっそく料理を作り始めようとキッチンへ向かうと……。

「美嘉～こっち来てやぁ」

優に呼ばれる声で、美嘉は部屋へと戻った。

「も～!!　今から料理作るのにぃ～……何⁉」

大きな紙袋からサンタクロースの衣装を取り出す優。

「……え！　サンタクロースの衣装じゃんっ!!　いつ買ったの⁉」

「美嘉に卵買いに行かせた時やで♪　着てみぃ？」

……やられた。優って本当にびっくりさせるのがうまいよね。

洗面所へ行き、美嘉はサンタクロースの衣装に着替える。

「どう？　似合う⁇」

優は立ち上がり、美嘉の体を抱き寄せた。

「めちゃめちゃ可愛いやん！　似合うわ～」

「優ありがとぉ!!　とびきりおいしい料理作るからね♪」

「おぉ～期待しとるな！」

再びキッチンへ向かおうとしたその時、テーブルに置いてある花瓶にかすみ草が飾られてあるのを見つけた。

かすみ草なんてさっき置いてなかったじゃん。

これも美嘉が卵を取りに行ってる間に買ってくれたんだね。

ようやく料理作りを開始。

クリスマスケーキはしつこいくらいに砂糖と塩を確認し、どうにか全ての夕食メニューが完成した。

クラッカーを鳴らし、冷やしておいたシャンパンを開ける。

「どう？　どう⁇　おいしい⁇」

料理を口にいっぱい含みながら答える優。

「ほんま、うまい。最高やわ！」

あっという間にたいらげ、おなかいっぱいになった二人はベッドに腰をかけた。

「ほんまうまかったわ～！　美嘉ありがとな」

「どーいたしまして♪」

テレビはつけない。だってつけたらテレビに集中しちゃうから。

今日は特別な日だから、二人でたくさん話せるように……。

美嘉は早く優にプレゼントを渡したくてうずうずしていた。

優はきっとプレゼントを用意してるなんて、これっぽっちも思ってないだろうし、優なら何あげても喜んでくれると思うから。

でも、なんかびっくりするシチュエーションで渡したいな。

………ひらめいた!!

美嘉はトイレに行くフリをしてプレゼントを持ったまま玄関の外へ出ると、家のチャイムを鳴らした。

ピンポーン♪

「はーい」

ドアの向こうから優の声が聞こえ、玄関に走ってくる音がする。

美嘉は両手にプレゼントを抱き優が出てくるのを待った。

ガチャリ……。

「優～メリークリスマス♪　美嘉サンタがプレゼントを届けに参りましたぁ!!　あは

は!!」

ドアが開いたと同時にその場でくるりと一回転し、プレゼントを差し出す美嘉。

優は突然の出来事に呆然《ぼうぜん》としている。

げげっ……もしかして調子に乗りすぎたかな⁇　ほんの冗談なのに、やば～い。

「優～⁇」

何も言わずに立ち尽くしている優の顔をのぞき込むと、優はその声でどうにか意識を取り戻したみたいだった。

「いつ外に出たん？　その格好で出たら風邪引くやろ！」

「だってびっくりさせたかったんだも～ん!!」

優の目の前にプレゼントをそーっと差し出す美嘉。

すると優は美嘉の手を引いて玄関まで引き戻すと、力強くドアに押しつけた。

その瞬間……二人の唇が激しく重なった。

「……んっ、優……⁇」

唇がゆっくり離れ、骨が折れそうなくらいきつく抱きしめる優の体が震えてるように感じる。

さっきのキス、なんかいつもの優じゃないような……そんな気がした。

「……そんな事されたら、毎年クリスマスに美嘉の事思い出すやん」

どうして?? 毎年思い出していいよ。毎年思い出してほしいよ。

でもなぜかその言葉が出てこなかったんだ。

「優……プレゼント開けて??」

「ありがとな」

二人は部屋に戻り、床に腰を下ろす。

優はプレゼントを開けて中に入っていたZippo《ジッポ》を取り出し、とてもうれしそうな顔で大切そうに握りしめた。

「これで今タバコ吸ってええ?」

「……うんっ!!」

さっき優の様子が、一瞬だけいつもと違うように感じた事に疑問を感じながらも、優がタバコに火をつける姿を見つめる。

優はタバコの煙を遠くにフゥーっと吐き出し、そのタバコをいったん灰皿の上に乗せると、両手で美嘉の髪をくしゃくしゃとなでた。

「今まで吸ったタバコの中で一番うまいわ！　ありがとな！」

うれしさと恥ずかしさで可愛げもなくプイッと横を向くと、優は笑いながら再びタバコをくわえた。

優、喜んでくれたね。優が喜んでくれて、美嘉もうれしかった。

「ねーねーねーねーツリー点灯しよ♪　部屋の電気消してさぁ!!」

「おぉー。ええで！」

部屋の電気を消し、優の足の間に入りながらライトのスイッチを押す。

さっきより外が暗くなったお陰で、ライトがよりきれいに見える。

「わぁ〜きれい♪　赤いのがルビーで〜白いのがダイヤモンドで〜……」

「言っとる事、昔と変わってへんやん！　夜景見に行った時も同じ事言うてへんかったか？」

「うるさいっ!!　それくらいきれいだって事なのぉ〜♪」

美嘉が言ったさりげない一言一句をちゃんと覚えていてくれているからうれしい。

外では車が走っているはずなのに、積もった雪が音を消してしまっているのか、テレビもつけていない静寂な部屋の中は二人の呼吸の音だけが響いていた。

「もうあれから一年もたったんやなぁ」

あれから一年……美嘉と優が初めて一つになった日。

受験や卒業やいろんな事があったけど、すごく充実した一年だった。

「一年かぁ!!　時の流れは早いよねぇ〜……」

しんみりとした雰囲気の中、それを壊そうとするかのように美嘉がかぶっているサンタの帽子を頭から奪う優。

「あ〜。美嘉の帽子返せぇ〜!!」

優の手から帽子を無理やり奪い返そうとする。

「わかったわかった。返したるよ!」

優は意地悪く微笑《ほほえ》みながら美嘉の頭に帽子を戻す。

美嘉は帽子に何か入っているような違和感を感じ、自ら帽子をはずすと……。

ゴロン。

帽子の中から小さい箱が出てきて、床に転がった。

「これ何だろぉ??」

「クリスマスプレゼントやで!」

さらりと答える優。

……え!!　クリスマスプレゼント??

だって去年ネックレスもらったじゃん。今年ももらっていいの??

「あと一分以内に開けないと没収するで!」

制限時間を決められ、あせってラッピングを開ける美嘉。

箱の中にはもう一つ小さい箱が入っている。

その小さい箱を開けると……そこに入っていたのは、指輪だ。

シルバーで〝PLEDGE《プレッジ》〟と彫られてある指輪。

「……これ……」

優は箱から指輪を取り出し、美嘉の左手の薬指にするりとはめた。

薬指でキラリと光る指輪。この指に指輪をはめる感覚……久しぶり。

「サイズわからへんから七号にしといた。ちょっとゆるいけどええ感じやな！」

美嘉は指輪をそっと唇に近づけた。

「優、ありがとぉ……」

優は後ろから手を回し、美嘉の左手をツリーのライトにかざし、不安げな声でぽつりとつぶやいた。

「……これからは俺の指輪つけてくれるんやな？」

一年も待たせちゃったね。美嘉は強く強くうなずいた。

この先、心を揺るがす出来事が何も起こらず、優とずっと……こうして過ごしていけますように……。

「〝PLEDGE〟ってどーゆー意味なの??」

優は窓ガラスの曇った部分に大きく〝PLEDGE〟と書いて答えた。

「〝誓約〟とか〝誓い〟って意味やで」

「〝誓約〟、〝誓い〟かぁ!!」

「俺は何があっても美嘉の事、好きっていう〝誓い〟や！」

「優……」

「美嘉。俺、美嘉の事、好きやで」

二人の唇は自然にそっと重なった。

お互いの気持ちが重なり合い触れた唇は……とても熱い。

ふと視界に入った時計を見ると、時間は零時三分。

日付は十二月二十五日のクリスマスに変わっている。

……今年も行かなくちゃ。

時計をじっと見つめる美嘉を見て優は車の鍵を手に取った。

「どっか行くんやろ？　車出したるで！」

どこに行くのかは聞いてこない。

ただクリスマスには美嘉が必ずどこかへ出かける……それだけはわかってくれているんだね。

「うん、お願いします……。じゃあ着替えてくるね!!」

立ち上がろうとしたその時、ひざをテーブルにぶつけ、飾られていたかすみ草の花瓶が激しい音をたてて倒れた。

車に乗りコンビニで花とお菓子を買って学校の駐車場に車を止めた。

時間はすでに零時二十五分を回っている。でも少し遅れて正解だったのかもしれない。だって去年のようにヒロとバッタリ会ってしまうかもしれないから。

この時間ならきっと会う事はないよね……。

「じゃあ行ってくるねっ!!」

コンビニの袋を手に提げ車のドアに手をかけた時、優は美嘉の手首を強くつかみ引き止めた。

「行かなあかんの？」

「………え??」

「どうしても行かなあかんのか？」

つかまれた手には優の不安な気持ちが痛いくらい伝わってくる。

優がなんで不安になっているのかはわからないけど、今思えばこの時、これから起こる何かを感じていたのかもしれない。

「わかった、行かない……」

お参りは、明日の朝でも行ける。

今は優の不安な気持ちを取り除いてあげる事を一番に優先したい。

だから優が行ってほしくないなら、行かないよ。

優はつかんだ手を離し、美嘉の頭をポンとたたくと、いつもの笑顔を見せた。

「冗談やって！　俺ここにおるから気ぃつけてな」

もし優が美嘉の手を離していなかったら、この時、美嘉は優のそばを離れる事はなかっただろう。

そしてこの先、胸を痛める事はなかったのに……。


優のいつもの笑顔に安心し、美嘉はドアを開け外に飛び出た。

「すぐ戻ってくるからねっ!!」

ベタ雪のせいか歩くたびに足元がギュッギュッと音を鳴らす。

雪の結晶もいつもより大きく、呼吸をするたびに口から出る白い息が視界を邪魔する。

美嘉は凍える手をポケットに入れて、公園まで歩いた。

公園に入ろうとした時、花壇の近くにぼんやりと見えた……黒い人影。

もしかして、ヒロ⁇　ヒロなの⁇

違う。あの後ろ姿はヒロじゃない。ヒロはもっと背が高いはずだし。

じゃあ……あれは誰⁇

少しずつ近づくと、花壇の前で手を合わせていたその人は足音に気づいたのかゆっくりと振り向いた。

……ノゾム⁇　そこにいるのはノゾムだ。

「ノ……ゾム、なんでここにいるの⁉」

花壇には白い花と赤いブーツに入ったお菓子が供えられている。

ノゾムは一瞬、驚いた表情を見せたが、すぐに落ち着きを取り戻したみたいだった。

「お～美嘉、久しぶりだな。元気だったか？」

「まぁ元気だけど……なんでノゾムがここに⁇」

その瞬間、強い風が吹き、美嘉の長い髪の毛が乱れて顔にかかり……整えようと手で髪をとかした時、左手の薬指ではさっき優からもらった指輪が雪の結晶のごとく光り輝いた。

指輪に気づいたのかはわからないが、その場に腰を下ろし、降り積もった雪を、寒さで赤くなった手でかき集め始めるノゾム。

「新しい恋してんなら聞かねぇ方がいいよ」

……聞かない方がいい。確かに美嘉もそう思うよ。

聞かない方が、悩んだり余計なことを考えたりしないで済む。

聞いてしまったらもう元には戻れない気がするから。

だけど……だけどね、聞いたらまた苦しくて悲しい想《おも》いをするかもしれない。

でも聞かないと一生後悔するような気がするの。

遠い遠い頭の奥で、誰かの声が聞こえた。
【……聞いてあげて……】
その声は赤ちゃんですか。それとも……あの人の心の声ですか。
「……なんでノゾムがここにいるの？　教えて⁉」
ノゾムは、作ったばかりの雪玉を遠くへ投げ飛ばした。
雪玉は道路の上で割れ、粉々に散らばる。
「聞いたら美嘉の人生変わるかもしれねーよ？」
でも、聞かなかったら一生心の奥に引っかかってしまうかもしれない。
自分のためでもあり、優のためでもある。答えはとっくに決まってる。
……聞かなきゃ。
美嘉は唾をゴクリと飲み、ゆっくりうなずいた。

ノゾムの話を聞き終えた時、美嘉の足はガクガクと震え……。
力が抜けて立っている事さえ困難になり雪の上に座り込んだ。
寒いはずなのになぜか体中が熱くて……頭や胸、手や足。
……体全体がドクンドクンと脈打っている。
どこかで響く車のクラクションの音がまるで夢みたいに遠くに聞こえる。

大粒の雪結晶がほてった頬や髪に落ち、とけた雫《しずく》が背中に流れ落ちた。

冷たくてビクンと揺れる体で、今の状況が現実である事をどうにか把握する事ができる。

頭の中では過去の映像がぐるぐると回っていて。

……何回も何回も同じ映像ばかりが頭の中を駆け巡っていた。

「俺、携帯番号変わってねぇから何かあったら連絡してこい」

ノゾムは再び花壇に軽く手を合わせると、去っていった。


ノゾムが話してくれた内容は……こうだった。

今日はノゾムがヒロの代わりとして赤ちゃんのお参りに来た。

代わりに来た理由……それはヒロがどうしてもここに来る事ができなかったから。

ヒロは……ヒロは癌《がん》に侵されている。

今病院で治療を受けるために入院していて……お参りに来たかったんだけど、外出許可が出なかったんだって。

だからノゾムが、あらかじめヒロが買っておいた白い花と赤いブーツに入ったお菓子を持って、ヒロの代わりにお参りに来た。

……高校二年生の夏。

ヒロがちょうど変わってしまったあの時期……体調が悪くて病院に行った時、癌だと告知を受けた。

いつか自分はこの世から、美嘉の隣からいなくなってしまうかもしれないから……寂しがりやの美嘉を一人にさせる事はできないって。

だからヒロは美嘉のそばから離れていった。

これがヒロがいきなり変わった理由。突然別れを告げた理由。

それでも自分の存在を忘れてほしくなくて、わざと美嘉の友達と付き合ったりして美嘉の近くにいようとしてたんだって……。

去年のクリスマスにここで偶然会った時も、卒業式の日、最後に話した時も、何か言おうとしてたよね。

もしかして、それを言いたかったの？

自分は病気だから……癌だから、嫌いになって別れたんじゃないよって。

そう言いたかったの⁇

美嘉が寂しがりやだから、いつか自分はいなくなってしまうかもしれないから、だからわざと離れていったんだ。

何度も何度も言おうとしてくれていたのに、美嘉はヒロの話を聞いてあげようとしなかった。

自分をあきらめさせるために、別れる時ひどい事をたくさんさせて……別れてもどこかでつながっていたいと思ってくれてたから、自分の存在を忘れないでほしかったから
……ミヤビと付き合ったりしてたんだね。

あの時の〝バイバイ〟は悲しい言葉じゃない。

優しい言葉だった。ヒロの精一杯の愛だったんだ。

川原で背を向けて歩き出した時……卒業式の日、握手した手を離した時……。

どれくらいつらかった⁇　どれくらい不安だった⁇

知らない方が良かったのかな⁇　知って良かったのかな⁇

わかんない。わかんないよ……。


長い間、雪の上に座っていた。

花壇に置いた花やお菓子の上にだんだん雪が降り積もってゆく。

「美嘉！　ここにおったんか」

なかなか帰ってこない美嘉を心配して探してくれていたのか、優は鼻を真っ赤にして美嘉に駆け寄った。

「優……」

「何しとるん？　心配したやろ！　あ～耳こんなに赤くして。アホ！」

両手で美嘉の耳を包む優の手は氷のように冷たくて。

……きっと長い時間探していてくれたんだ。

優は花壇に置いてある花やお菓子を見つけて赤ちゃんへのお供えだと気づいたのか、美嘉を抱き上げて花壇の前まで運んだ。

「お参りせぇ」

感覚のない手を合わせてお参りする美嘉。

優もその横で一緒になって手を合わせている。

頭の中ではノゾムの言葉だけが何度も繰り返されていた。

お参りを終えると再び抱き上げられ、そのまま車まで運ばれた。

優は何も聞いてこようとはしない。

美嘉が雪の上で一時間座っていた事も……毎年クリスマスにお参りに行っていた事も。

音楽もかけずに静まった車内で、二人が言葉を交わすことはなかった。

車は家を通り過ぎどこかへ向かって走り、しばらくして車は二人が始まった海へと到着した。

「外やと寒いから車の中で話そう。な？」

「……わかったぁ」

車の中にいるのに、波の音が聞こえてくる。

いつもはゆっくりとした癒《いや》される波の音も、今日は激しくて怖い音に聞こえる。

「お互い伝える事があったら海に来ようって約束したやん」

前……海に来た時約束したね。

〝何かあったら海に来て話そう〟って指切りげんまんしたよね。

「うん、したね。ちゃんと覚えてるよ」

「はりせんぼんは嫌やろ？」

「……やだ」

「ええ子や。ゆっくりでええから話せるな？」

美嘉は覚悟を決めて、シートベルトを強く握りしめた。

「美嘉ね、毎年クリスマスに赤ちゃんのお参り行ってたの」

「なんとなく気づいてたで」

「それでね、去年、偶然元カレに会ったの」

「そうか」

「その時ね、ちょっと迷っちゃったの。優か元カレか……でも美嘉はやっぱり優が好きだから優と一緒にいたいって思った」

「そうやったんか」

「それでね、今年もお参り行ったの。そしたら元カレの友達がいたんだ」

「友達？」

「その友達は、今、美嘉が新しい恋してるなら自分がここにいる理由を聞かない方がいいって言った。でも美嘉は聞いておかないとずっと気になると思って……だから聞いたの」

「……理由は何やったん？」

「元カレね、癌なんだって。だからお参りに来れないみたい」

優からの返事がなくなったので、美嘉は話し続けた。

「美嘉と別れた時にはもう癌だって気づいてたんだって……」

優はしばらく沈黙を続け、そしてゆっくりと口を開いた。

「俺が前、美嘉に元カレどんな奴やったん？　って聞いたの覚えとる？」

「うん、覚えてる」

「そん時な、美嘉が元カレを悪く言って俺が〝今の言い方やとそこも好きやったって言い方やな〟って言ったのは覚えとる？」

「覚えてるよ……」

「もう一回聞くで。美嘉にとって元カレはどんな男だったん？」

美嘉は唇をかみしめ、目を強く閉じた。

「……短気で嘘つきでどうしようもない男」

この言葉を聞いて優が何を感じ取ったのかはわからない。

優はフフッと声を出して微笑むと、ドアを開け外に出た。

ドアが開いた一瞬で車内に流れ込んできた外の空気は、雪と潮の香りが混ざり合い今の美嘉の心のように複雑で……。

車を降り、走って優の腕にぎゅっとしがみつく。

しがみつかないと優がどこかへ消えてしまう……そんな気がしたから。

優はそんな美嘉をいつものようなやさしい笑顔で見つめ、手を握った。

「一回会いに行きぃ」

「それって……」

「元カレに一回会ってそれから考えたらええ。俺は待っとるから。時間かかっても待っとるから」

お参りに行く前、優に手首をつかまれて引き止められた時……あの時離れていなかったら何か変わってたのかな。

今頃、家でケーキでも食べながらイチャイチャしてたかな。

遠くから来た車のライトが二人を照らした時、優の目から流れる一粒の雫を見た。

美嘉はすぐに目をそらし視線を地面へとずらして下を向き、そして願った。
どうか解けて流れ出た雪でありますように……。
優は〝ヒロに一回会え〟って、そう言った。
本当にそれでいいの⁇
どこにも行くなって……離れるなって言いたかったんじゃないの⁇
ねぇ、優……本当の気持ち、教えてよ。
その日二人は手を強くつなぎ合って眠りについた。
優と手をつないで眠ることが、今の美嘉にとって眠り薬になってるんだ。

クリスマスから三日がたった日、美嘉はノゾムに電話をかけた。
〝一回会いに行きぃ。それから考えたらええ〟
優の言葉……素直に受け止める。逃げてばかりじゃ、ダメだよね。
♪プルルルルルルル♪
『もしもし』
『ノゾム？　美嘉だけど……電話しちゃった』
『来ると思ってた。ってか遅ぇよ！　待ちくたびれたから！』
『……ごめん』

『彼氏は大丈夫なのか？』

『うん、会いに行きなって言ってくれた』

『そっか。俺が勝手に教えていいのかわかんねーけど、東病院の三〇二号室にあいつい
っから』

ノゾムの言った事を近くにあった紙にメモして、電話を切った。

「どこの病院なん？　車出したるわ」

優は書いたばかりのメモをのぞき込んでいる。

「いや、いいよ。歩いていくから大丈夫!!」

「いや、出すわ。嫌って言われても出すからな！」

優はなんでこんな時にまでこんなにやさしいんだろう。

本当はつらいよね、不安だよね。

病院の住所を詳しく伝え、そして車は病院へと到着した。

「優、行ってくるね」

「頑張れな。俺ここでずっと待っとるから！」

笑顔を作る優。今は優のやさしさに心が痛いよ。

……普通はできない。好きな人を元カレに会わせるなんて、普通はできないよ。

美嘉は病院の入り口で一歩が踏み出せず、立ち尽くしていた。

ここに、ヒロがいるんだよね。

美嘉、今からヒロに会うんだよね。なんだか実感わかない。

何度か深呼吸をしてから中に入り、階段を駆け上がる。

一階……二階……三階……。

三〇二号室の前。この病室の中にヒロがいるんだ。

ノックをする手が思いとどまる……ヒロに会うのが怖い。

ヒロが言おうとしてた事を聞こうともしないで、自分だけが傷ついたんだと思い込んでいた。

ヒロが病気と闘っている時、美嘉は新しい生活を始めて新しい恋をして……今さら会う資格あるのかな⁇

〝俺は待っとるから。時間かかっても待っとるから〟

クリスマスの日、海で優が言ってくれた言葉を思い出した。

待っててくれている人がいる。怖がって迷っている暇はない。

トントン。

じんわり汗ばんだ手のひらを握りしめ、ノックをする。

……しかし返事がない。

トントン。

もう一回ノックしたが、やはり返事はない。美嘉は意を決して静かにドアを開けた。

小さい個室の真ん中には一つのベッド。そこに寝ているのは……ヒロ⁇　ヒロなの⁇

最後に会った卒業式の日とは全然違って、痩せこけてやつれてしまっている。

相変わらず帽子をかぶっていて、細い体が吐息でかすかに揺れていた。

「ヒ……ロ。こんなに、こんなに痩せちゃって……」

ヒロが寝返りを打った瞬間に、かぶっていた帽子が少しだけずれた。

髪の毛が……ない。だからずっと帽子かぶってたんだ。

クリスマスに会った時も卒業式も、〝帽子が俺のマイブームだ〟って言ってたじゃん。

……やっぱりヒロは嘘つきだね。

「あれ、美嘉ちゃん？」

美嘉は病室を飛び出て待合室のイスに座り、手で顔を覆った。

横から誰かに声をかけられ顔を上げる。

「ミナコさん……」

そこにいるのはヒロのお姉さんのミナコさんだ。

「ノゾムから詳しい事聞いたよ。よく来てくれたね！」

「はい……」

「病気の事、言わなくてごめんね。あたしは病気の事、美嘉ちゃんに言いなって何回も言ったんだけど、でもあいつはいつかいなくなるかもしれない自分より、ほかの男と幸せになってもらいたいって」

「はい……」

「あいつね、いつも病室のドアが開く時うれしそうな顔すんの。美嘉ちゃんに言ってないんだから来るはずないのに……いつか来ること期待してんの。バカだよね!」

うん……バカだよ。

本当にバカだよ。バカすぎるよ……。

もしノゾムから病気の事聞かなかったら、ヒロが病気と闘ってるなんて……ずっと知らないままだったんだよ⁇

いつかヒロの事を忘れてほかの人と結婚して……それなのにずっと一人で美嘉を待ってたなんて、ヒロは本当にバカだよ。

「あいつ今でも美嘉ちゃんの事、想ってるよ」

美嘉は、はち切れそうな胸の鼓動を抑えて、ゆっくりと話し始めた。

「ミナコさん、美嘉には今すごく大切な人がいます。その人が下で待っててくれてるんです。だからヒロに会っていいのかわからないです……」

ミナコさんは、特別驚いた様子でもなく、それはまるで美嘉が新しい恋をしている事をすでに知っているかのようだった。

「そっか。とりあえずあいさつだけでもしてやって?」

「……わかりました」

「じゃあ、弘樹《ひろき》起こしてくるから待っててね!」

そう言ってミナコさんは病室へと消えていった。

心なしかミナコさんの足が少し震えている。

ミナコさんが病室のドアのすきまから顔をのぞかせ手招きしたので、美嘉は勢いよく立ち上がり再び病室へと向かった。


病室へ入るとさっきまで寝ていたはずのヒロが体を起こしている。

ヒロは美嘉を見つけると、目を大きく見開いた。

「……美嘉?」

優からもらった指輪がヒロに見えてしまわないよう、左手を後ろに回しているずるい自分がいる。

「……来ちゃったぁ」

懐かしい声。懐かしい香り。

高校時代がよみがえる。楽しかった日々がよみがえる。

卒業式からまだ九カ月しかたってないのに、なんだかずっと会っていないような……懐かしい感覚。

ヒロは痩せてしまったせいか、付き合ってた頃の面影はない。

だけど……あの頃好きだった気持ちが戻ってしまいそうな気がして、怖くなった。

「なんで俺がここの病院にいるってわかったんだ？」

「ん⁇ 勘だよ。女の子って勘がいいんだよっ‼」

動揺を隠すため明るい声で答える美嘉。

するとヒロは微笑んだ。そう、あの頃と変わらない笑顔で……。

気をきかせたのか、ミナコさんは静かに病室から出ていく。

……二人きりの空間。

「元気だったか？」

「うん。元気だったよ‼」

「そっか。それなら良かったな！」

「ヒロ、なんで内緒にしてたの⁇」

ヒロは一瞬止まり、そして何事もなかったように話し続けた。

「何も内緒にしてねーよ！」

「だって病気の事……」

「うるせー！　もういいから。忘れろ」

ヒロ、本当は全部わかってるんだ。

美嘉を一人にさせないために別れた事も……。

心配かけたくなかったから、だから病気の事言えなかったんだよね。

美嘉を傷つけようとしてたのも、自分を忘れさせるためにわざとひどい事ばかりしたんでしょ⁇

美嘉が病室に来るの、ずっとずっと待ってたんでしょ……⁇

涙が出ちゃいそうだよ。

……でも今一番泣きたいのはきっとヒロだから、絶対に泣かない。

美嘉は後ろに隠していた左手を元の場所に戻した。

なんで隠したんだろう……最低だよ。

「元気そうだな。それに幸せそうで何よりだ」

ヒロは美嘉の指にはめられた指輪に気づいたのか、そう言って寂しそうに笑った。

この笑顔は前にも見た事がある。

一回目は校門の前で美嘉と優が仲良くしてた時。

二回目は卒業式の日にペアリングを返した時。

もし……もし別れる前に病気の事を話してくれてたら、川原でヒロの背中を見送ったりはしなかった。

どんな手を使っても、絶対に追いかけて引き止めていたよ。

寂しがりやの美嘉だからいつかいなくなる自分じゃ幸せにできないって……。

好きだから一緒に乗り越えていくんじゃないの？

好きだからずっとそばにいてほしいんじゃないの??

もう、遅いんだよ。

美嘉にはもうヒロ以外に……大切な人がいる。

「ごめん、またね……」

美嘉は病室を出て、階段を駆け下りた。


「美嘉、おかえり！」

優は車の外で待っていてくれた。

落ち着かなかったのか、地面にはタバコの吸い殻が大量に落ちている。

「優……ただいま」

美嘉の頭の後ろに手を回し自分の体へ抱き寄せる優。

「ゆっくりでええから考えてな。どっちを選んでも俺は絶対に美嘉を責めたりはせんから」

優がくれた指輪に彫られた文字。

〝PLEDGE〟、

誓い。誓約。

クリスマスの日に言ってくれたよね。

〝俺は何があっても美嘉の事が好きっていう誓いや〟

ピース

年が明け、学校が始まった。

しかしあまり学校へ行く気にはなれなかった。

ヒロの事、もう忘れたはずだったのに。

卒業してから会わなくなって……やっとあきらめる決心ができたの。

でもね、今、ヒロが美嘉と別れた理由を聞いて、ヒロの本当の気持ちを知って、心はかすかに揺れ動いている。

優を選んだ決意は固かったはずなのに、こんなにも簡単に揺らぐなんて……こんな自分が憎いよ。

人を好きになる資格なんかないよね。

………………ヒロ。

悩んでるのは、ヒロが病気だから？　癌だってわかったから??

違う、そうじゃない。病気だから同情してるとか……そんなんじゃない。

ヒロに幾度となく傷つけられて、泣かされた。

たくさんの裏切りがあったからこそ、あきらめをつけてきた。

でもそれが美嘉のためを想う嘘だったと知って、ヒロが変わってなかった事を知って、高校時代の気持ちが戻ってきてる。

だって大好きだったんだもん。ずっとずっと大好きだったんだもん。

本当は別れたくなかったよ。

ずっと離れる事はないと思っていた。一生隣にいてくれると……そう思っていたんだ。

だから、別れてからすごくすごくつらかった。

だけどね、それでもずっとずっと想っていたんだよ。

ずっとずっと好きだった。忘れられなかったの。

あの人に……優に出会うまでは。

………優。

優はどんな美嘉でもそっと受け止めてくれる。

元カレに未練がある事を知っていても、重い過去を聞いても……それでも変わらず好きでいてくれたよね。

優の笑顔に数えきれないくらい助けられたよ。優の言葉に数えきれないくらい助けられたよ。

優がいたから乗り越えられた問題がいっぱいある。

家族の事、友達の事、そして……過去の事。
温かい手で包んでくれる魔法の手を持っている優。
この人とならずっとずっと一緒に歩んでいける。
これからも手をつないで一緒に歩んでいける。
そう思っていたよ。
あの人に……ノゾムに真実を聞くまでは。
優はあせらずにゆっくり考えて答えを出せって言ってくれた。
美嘉が迷ってる事……気持ちが揺らいでいる事を知っているんだ。
でもあえて俺のとこに来いとは言わない。きっと美嘉を追いつめないため。
それが優のやさしさだから。
優はそんなさりげない気づかいをしてくれる人。
いつまでもこのままじゃ、優に苦しい思いをさせちゃうね。
早く答えを出さなきゃ。

——二月四日。
朝起きたら優はもういなかった。
美嘉はこの日行こうと決めていた場所がある。

何枚も重ね着をし、ウタからもらったマフラーを巻いて家を出た。

同棲を始めてすぐに優からもらった合い鍵で、鍵をかける。

「よしっ!!」

一人で力強く気合いを入れて、駅まで歩き始めた。


列車を乗り継ぎ、着いた場所は……優と始まった海。

冬の海には誰もいるはずなく、辺りは静まり返っている。

美嘉は持ってきた新聞紙を敷き腰を下ろすと、目を閉じて波の音に耳を澄ませた。

……ザザーンザザーン。波は行っても必ず戻ってくる。

波の音って不思議だね。心情によって聞こえ方が変わる。

気持ちが落ち着いている時や、うれしい時には、ゆっくり優しい音。

不安な時や悩んでいる時は激しく悲しい音。

今日の波はいつにも増して激しく悲しい音に聞こえる。

海で、いろんな事があったね。

ここで優と始まって、かすみ草をプレゼントしてもらった。卒業式の日もここに来た。

お互い伝える事があれば海に来ようねって指切りげんまんしたよね。お互いの夢を語り合って、優の夢は保育士だって事を初めて知ったんだ。

キャンプに行った時も海でたくさん遊んだね。

優が買ってくれた浮輪をつけて、くるくる回されたっけ。

アヤと仲直りするきっかけを作ってくれて、夜の砂浜で手をつないで寝そべり、一つになったよね。

夜が明けた時、二人でまぶしい朝日を見た。

……あの日見た朝日はきっと一生忘れない。

そしてクリスマス。お参りの帰り海に来て、ヒロが病気である事を話した。

優は笑って会いに行けって言ってくれて……あの日初めて優の目から流れる雫を見たよ。

目を閉じて優と過ごした日々を思い返していた。

美嘉は波の音と広い水平線を目に焼きつけ、再び駅へと歩き始めた。

そしてまたいくつもの列車を乗り継ぎ……駅を降りて歩く。

懐かしい街並み。懐かしい空気。切なくなる風景。

まだ誰も踏んだ形跡のない坂道を、滑らないよう注意しながら下りる。

次に着いた場所は、……ヒロと別れてしまった川原だ。

雪の上に敷いた新聞紙に座り、美嘉は川の音に耳を澄ませた。

……チョロチョロ。

ところどころ凍ってしまっているのか流れる音が聞こえたり聞こえなかったり途切れ途切れ。

川の音って不思議だね。

音が聞こえると安心できるのに、聞こえなくなると不安になる。

川の水は波とは違って、一度流れてしまったらもう戻ってはこない。

ヒロとたくさんの時間をここで過ごしたよね。

初めてヒロが美嘉をここに連れてきてくれた時、二人だけの場所が出来てすごくうれしかった事を覚えているよ。

二人で学校サボってここでお弁当食べたりした。

最後にデートした日、ここで別々の道を歩み始めて、

……ヒロの後ろ姿を見送った。

……空でつながっているのに追いかけなかった。

傷つくのが怖かったんだ。

振り返らなかったヒロはどんな気持ちだったの？

別れてからも一人でこの川原に来て、ヒロの事を思い出して何度も泣いた。

ヒロが来るかもしれないって……待ったこともあった。

美嘉のために自分を犠牲にして、傷つけて、一人でどれだけ苦しんだの⁇

途切れ途切れ流れる川の音と懐かしい景色を目に焼きつけ、美嘉は家路へと歩き始めた。

果てしなく広くて、さらさらとして汚れなき砂浜。

やさしく癒される音で打ち寄せ、何度も何度も行っては戻ってきて安心をくれる波。

一日の始まりと一日の終わりを実感する事ができる。

それが〝海〟。

夏になれば勢いよく流れて、冬になれば流れたり流れなかったりで不安にさせる。

一度流れたら進むばかりでもう戻ってはこない。

でも時たまきれいな花がたくさん咲き、心を洗ってくれる。

それが〝川〟。

ねぇ。どっちを選べばいい⁇

どっちも好き。どっちも大好き。でも両方は選べないの。

両方選べば両方傷つけちゃうから。

一人は必ず傷つけてしまう事になる。

でも……どっちかを選ばなきゃならないんだ。

ねぇ、〝海〟と〝川〟。この先、美嘉にはどっちが必要なの？

どっちに行けば、正しいって言われるの⁇

——二月九日。
今日の天気はあいにくの雨模様。
起きたら、また優は隣にいなかった。
まだほんのり温かい布団は、ついさっきまで家にいた証拠。
最近悩んでばかりいるから頭が痛い。
毎日頭痛薬を飲んでいるせいか、効き目もだんだん弱くなってきた。
悩んでいる事は誰にも相談しなかった。
大切な事だから……だからこそ自分で答えを決めたいんだ。
あと一歩、あと一歩踏み出す勇気があれば……きっかけがあれば……。
美嘉は布団を頭から深くかぶり、くるまった。
……雨は嫌い。
だって外に遊びに行けないいし、じめじめしてるんだもん。
……雨の音は嫌い。
だって空が泣き叫んでる声のように聞こえるんだもん。
雨の音を聞こえないようにするため近くにあったMDをプレーヤーに入れ、リモコンで再生スイッチを押す。
曲が流れ始めた。この曲は、浜崎あゆみの「Who...」。
イントロが流れ始める。

……………♪♪♪
辛《つら》い時誰がそばにいてくれて　誰の肩で涙を流した？
喜びは誰と分け合って　誰と手を取り合ってきた？
思い出しているよ
ふたり離れて過ごした夜は　月が遠くで泣いていたよ
ふたり離れて過ごした夜は　月が遠くで泣いてた
本当の強さは誰が教えてくれて　優しさは誰が伝えてくれた？
誰がいたから歩こうとして　誰に髪をなでて欲しかった？
誰があきらめないでいてくれた？　忘れないよずっと
これからもずっとこの歌声が　あなたに届きます様にと
これからもずっとこの歌声が　あなたに届く様にと……
♪♪♪……………

曲を聴きながら考えていた。

つらい時、隣で一緒に泣いてくれて、楽しい時一緒に大声をあげて笑ってくれていたのは。

強さや優しさをたくさん教えてくれていたのは。

髪をなでてほしかったのは、手をつないでいたかったのは。

これからもずっとずっと一緒に歩んでいきたいと思うのは……。


美嘉は曲が終わると同時に立ち上がった。

この曲を聴いて頭に浮かんだのはただ一人。

ただ一人……あの人だった。

これから一人を傷つけてしまう事になる。でも決めたんだ。

悩んで悩んで決めたの。この曲が最後の決断をくれた。

もう気持ちが揺らいだりする事はない。

迷いはない。後悔しない。この気持ちを貫く。

……そう決めた。

何も持たず何も羽織らず部屋を飛び出し、階段を駆け下りていく。

嫌いな雨の音さえも今は耳に入らない。

美嘉は今すぐに……あの人の元へと行く。

雨の中、傘もささずに玄関を飛び出る。走り出したその時……。

ドンッ……。

目の前にいる誰かにぶつかった。

「すみませ……」

「美嘉？」

雨に打たれながら顔を上げる。

「優……」

ぶつかったのは……優。

優も傘を持ち忘れてしまったのか、自分の着ていた上着を頭にかぶっている。

「傘もささないでどないしたん？」

そう言って自分がかぶっていた上着を、美嘉の頭にかぶせた。

ぶつかった拍子に元々ゆるかった薬指の指輪がずれてしまい……激しく降る雨でズレた指輪が滑り落ち、悲しい音をたてコンクリートの地面に転がった。

〝PLEDGE 誓い、誓約……〟

「あ……指輪……」

地面に転がった指輪を拾おうと右手を伸ばした時、優は美嘉の右腕を強くつかんだ。

「拾ったらあかん」

優は何かを感じ取っている。美嘉の決意に気がついている。

「でも……指輪が……」

その時、偶然にも見えてしまった。

優が手に持っていたコンビニの袋の中には……プリンが二つ入っている。

美嘉が元気ないから、美嘉が大好きなプリンを二人で食べるためにコンビニまで買いに行ってくれてたんだね。

美嘉の肩を両手でがしっとつかむ優。その手は……震えている。

「クリスマスの日な、海で元カレどんなやつやったん？　って聞いたやん」

「うん……」

「あん時、美嘉が元カレを悪く答えた時、そこが今でも好きって言い方やった」

言葉が出ない。何を言っても言いわけに聞こえてしまいそうだから……。

「あん時から俺じゃダメなんやと思ってた」

大きな雨の音のせいで声が聞き取りにくい。

優は負けずに大声で続ける。

「俺な、昔好きやった女の背中押してやれへんかった事、今でも後悔しとんねん」

「……うん」

知ってたよ。やっと言ってくれたね。ずっと待ってたよ。

「好きな女の幸せ願えなかった俺は最低や」

そんな事ない。優は……優は正しいよ。

美嘉の体を強く抱き寄せる優。

でもね、美嘉は優を抱きしめ返す事はできないの……。

雨で濡《ぬ》れた服が冷たくて、優のぬくもりが感じられない。

雨の音で、優の鼓動さえも聞こえない。

「美嘉は俺の事、好きやった？」

抱きしめられたままうなずく美嘉。

「俺と過ごして楽しかったか？」

今は言葉なんかより、何度も何度も強くうなずくことが精一杯だった。

優は抱きしめていた体をそっと離し美嘉の後ろに回ると、濡れた髪をくしゃくしゃとなでて……再び強く抱きしめた。

頭をなでるこの手も、抱きしめる腕も……全部全部大好きだった。

優の髪の毛から垂れる雨の雫が、美嘉の頬にポタポタと落ちる。

「俺、美嘉の事、今でもめちゃめちゃ好きやで。これからもずっと好きやと思う」

「優……」

「せやから美嘉には幸せになってほしいねん。好きな女には誰よりも幸せになってほしい。それが俺にとっての幸せやから……」

そして優は美嘉の背中を強く押した。

「行ってこい!」

背中を押された反動で少しだけ前に進み、ゆっくり振り返る。

降りやもうとしない雨。雨で髪も服もびしょびしょに濡れた優の姿。

戻ってしまいそうになり後ろへ一歩踏み出した。

その時……。

「行け。戻ってきたら、嫌いになるで!」

激しさを増す雨の音が、優の心の叫びに聞こえる。

……そうだ、美嘉は戻ってはいけない。

もう戻らない。同じ過ちは繰り返さないんだ。

雨と涙でぼやける優の姿。でも確かに見た。優が両手でピースしているのを……。

優が前に教えてくれたピースのおまじない。

〝ピースの意味は二つあるんやで。一つ目は、つらい時とか勇気出ん時ピースすると元気が出て笑顔になれる。二つ目は、誰かに向かって頑張れって応援する時にピースをすれば、された人は成功するんやって！〟

優はどっちの意味なのかな。

つらいから笑顔になれるため⁇　それとも美嘉に頑張れって言ってくれてるの⁇

両手でしてるから、両方の意味なのかな。

美嘉は振り返らず、そのまま走り続けた。

優は過去に好きな人の背中を押してあげなかった事を後悔したから、美嘉の背中を強く押してくれたんだね。

美嘉がヒロの元へ戻ってしまう事を何となく気づいていて、それでも何も言わずに守ってくれた。

どんな美嘉でも好きでいてくれて、一番に美嘉の事を考えてくれていたよね。

優に何度も助けられた。その手に助けられた。

優の手は美嘉の涙を乾かし、怒りを抑え安心を与えてくれて……あなたの手はやっぱり魔法の手でした。

優にたくさんの事を教えてもらいました。

勇気も希望も……前へ進む事を教えてもらいました。

……優。

優がさっき言ってくれた言葉は、本音ですか⁇　本当に優はそれで幸せなんですか⁇

ただの強がりだったとしても、優が本当にそう思って言ってくれた事だったと信じます。

本音だと……後悔してないと信じます。

優、本当にごめんね。自分勝手な美嘉を……最後まで支えてくれてありがとう。

果てしなくて、きれいな砂が一面に広がっていて、

……やさしい音を出しながら必ず戻ってくる波を持っている海が好きでした。

でも小さくて、すぐに不安にさせて……一度流れたら二度と戻ってこない川。

暖かい時期に川原に咲く花。

たった一輪だとしても……枯れそうだとしても……それでも美嘉はその花の方が大切だったみたいです。

枯れたら美嘉の涙で元気にしてあげたいのです。


美嘉は病院に向かって走った。決めたあの人に会うために。

階段を駆け上がり、三〇二号室へ向かう。

三〇二号室の前。ここを開けたらもう後戻りはできない。

いいんだ、美嘉はヒロを選んだの。

ずっとそばにいて支えてくれた人を傷つけてまで、ヒロを選んだから。

「……失礼します!!」

ノックをせずに強くドアを開ける。

……病室には誰もいない。布団は開いたままで、花瓶には色とりどりの花が飾られたまま。

「どこにいるんだろ……」

美嘉はひとり言をつぶやき、病室のイスに腰をかけた。

優を傷つけてしまった。優を裏切ってしまった。ずっとそばにいて守ってくれてたのに。

指輪……PLEDGE……誓い……。

落としてしまいました。拾えませんでした。

優の事を考えて心を痛めていたその時、病室のドアが開いた。

「美嘉ちゃん！　来てくれたんだね！　そんなに濡れてどうしたの!?　今タオル貸すから！」

「あっ、ミナコさん……ヒロは??」

「弘樹は今検査中だよ！　もうすぐ戻ってくるから！」

ミナコさんはうれしそうに棚からタオルを取り出し、美嘉に手渡した。

タオルを受け取ろうと、手に持っていたある物をひざに置く。

優が頭にかけてくれた上着……そのまま持ってきちゃった。

自分も雨に濡れちゃうのに、美嘉にかけてくれたんだね。

「ノゾムから聞いて来てくれたんでしょ？」

「ノゾム？　なんの事ですか⁇」

「あれ？　ノゾムから電話来なかった？　だから来てくれたのかと思ってたよ。弘樹が美嘉ちゃんにどうしても話したい事があるって言ってたの。それでノゾムに頼んだんだ。美嘉ちゃんを病院に連れてこいって。だから来てくれたのかと思った！」

ヒロが美嘉に話したい事がある……⁇　話って何⁇

頭の中では悪い妄想ばかりが駆け巡る。

もし……もしヒロにまた突き放されたとしても、絶対にあきらめない。

選んだ道を引き返すような事はしない。

何があっても離れたりはしない。つらくても追いかけるんだ。

病室の外から看護師の声が聞こえる。

美嘉は立ち上がり、優の上着をイスの上にそっと置きヒロを待った。

ドアのすきまから顔をのぞかせるヒロ。

美嘉の姿を見つけたヒロは、驚きと喜びを足して2で割ったような複雑な表情を見せた。

「よぅ美嘉。久しぶり……でもねーか！」

「うん……」

ヒロは看護師に介助されながら、ベッドに座る。

ヒロ、話したい事って何⁇

美嘉も話があるんだ。今すぐヒロに話したい事が……ある。

「とりあえずおめぇーは出てけ！」

ミナコさんに向かって強気な口調のヒロ。

「はいはいはいはいはーい♪」

ミナコさんは何か期待したような表情で病室から出ていく。

その表情は喜びが隠せないような……そんなふうにも見えた。

病室の窓から見える一本の太い木。

その木についている葉っぱが激しく揺れ、風の強さを表している。

ヒロはベッドの横についてる手すりにつかまりながら立ち上がろうとしているので、
美嘉はヒロの元へ駆け寄り肩を貸した。

「最近寝てばっかりであんまり体使ってねぇから、マジだせぇな俺」

「あはは……しょうがないよ‼」

こんな状況なのに、近づいてドキドキしている。

病室の窓からもれる空気がヒューヒューと音をたてた時……。

「美嘉ね……」

「俺、話が……」

二人は同時に口を開き、言葉が重なった。

「ヒロから言っていいよ!!」

「俺、大した事じゃねぇからおまえ先に言え！」

目を合わせて笑う二人。

「も〜、それじゃあ卒業式の時と一緒じゃん!!」

「だよな。じゃあ今回は俺から言うわ！」

ヒロは美嘉の体を力強く抱き寄せた。

「俺、今、美嘉に彼氏がいんの知ってっけど、でも好きなんだよ。もう絶対離したりしねぇ。だから俺のところに戻ってこい」

大した事ないとか言って……相変わらず嘘つきだね。

ヒロの体に手を回す美嘉。あの頃とは違って腰回りが細くなり……回した手が余るくらい。

「……バカ。遅いよ……」

ヒロの胸に顔を押しつけ涙をこらえていると、ヒロは体をゆっくり離しほっぺに優しくキスをした。

「もうおまえの事、絶対に離さねぇから……」

美嘉はこう言われるのをずっと待ってたのかもしれない。

好きだから……好きな人に幸せになってもらいたいから離れる。

それはすごい幸せな事だけど、すごく寂しい事でもあるよ。

好きだからこそ離さないでほしかった。

好きだから、たとえ相手を幸せにできなくても一緒にいたい。離れたくない。

離れるなって言われたかったんだ。ずっとずっと、そう言われたかったんだ。

「俺、ずっと美嘉を抱きしめたかった」

「……うん」

美嘉が優と校門の前で話してた時と、卒業式に話した時。

ヒロ寂しい顔で笑ったよね。

あの時本当はね、ヒロが何かを伝えたがってるのにうすうす気づいていたのかもしれない。

でもね、知らないフリしたの。きっと知るのが怖かったんだ。

あの時、美嘉は新しい道を歩き始めてたから、お互い別々の道を歩んでいくのが正解だと思ってた。

優の事を考えると心が休まる。

気持ちが安らいで、不安なんて何一つない。

ヒロの事を考えると胸が痛くなる。

苦しくて不安ばっかりで……それでも長い道の先に見えたゴールはヒロの笑顔だった。

苦しい道を選んだと言われても仕方がない。

ヒロとこの先一緒に歩んでいくのは、とてもつらい事くらいわかっているよ。

でもね、ヒロの悲しみや不安を一緒に背負っていきたいと思ったんだ。

大事な人を傷つけてまで選んだ恋。

何があっても離したりしないから。あきらめたりしないからね、絶対に……。


この日数カ月ぶりに実家に帰った。

「ただいま～!!」

「あら？　美嘉が家に帰ってくるの久しぶりだね！」

突然帰ったので、お母さんは驚いて声をあげる。

「ん……明日から実家に戻ってくるからっ!!」

お母さんもお父さんもそれ以上は何も聞いてこなかった。

居間を出た美嘉はまっすぐお姉ちゃんの部屋に入り、ベッドに腰を下ろした。

「あれ？　美嘉おかえり！　彼氏となんかあった？」

「……えっ、なんで⁉」

「だって指輪してないから！」

「うん、別れちゃったぁ」

「そっか。ま、人生いろいろあるよ。平凡な人生なんてつまらないでしょ！　後悔するかしないかなんて、誰にもわからないし。進みたい道に進む、それでいいと思う！」

今日雨の中で優に会った時、ヒロを選んだ自分に腹が立った。

どうしてこんなに想ってくれる人を離してしまうんだろう。

また傷つくかもしれないのに、どうして自らつらい道を選んだんだろうって……そう思った。

自分を何度も責めた。

でも、後悔するかしないかなんて誰にもわからない。

美嘉は進みたい道に進んだ。だからきっと、間違ってはいない。

夜になり、お姉ちゃんの部屋に布団を敷いて横になり、様々な思いをかけめぐらせた。

美嘉にとって眠り薬だった優の手のぬくもりは……もうどこにもない。

これからは寝返りを打っても、聞こえる吐息は優のものじゃないんだ。

もう隣に優はいない。それもいつか慣れてしまうのかな。

美嘉はヒロとともに生きていく。

ヒロとともに生きていく。


結局全然寝ることができず、朝早く優にメールを送った。

《今日の朝十時に部屋の荷物を取りに行くね》

服も化粧品も大学の教科書も……何もかも優の部屋にある。

昨日優が頭にかけてくれた上着も返さなくちゃ。

取りに行く時間を伝えておけば優はその時間に家を出るだろうと思ったからあえてメールを送る事にした。


今日の天気は雨上がりの晴天。バスに乗って優の家に向かう。

落とした指輪どうなったのかな。

昨日は雨と風が強かったから飛んでいっちゃったかな。優が拾ったのかな??

わからないけど、探したりはしない。

優の部屋の前、合い鍵でドアを開ける。

美嘉は静かに靴を脱いで、忍び足で部屋に入った。

……優がベッドで寝ている。背を向けているから顔は見えない。

薄暗い部屋。カーテンも閉まったまま。

もしかして、朝送ったメールまだ見てないのかな??

もし今、優が起きてしまったとして美嘉が部屋にいたら、おそらく嫌な思いをするだろう。

物音をたてないよう静かに荷物を詰める。

部屋の隅っこに追いやられたハイビスカス柄の浮輪やサンタクロースの衣装。

夏も冬もたくさんの季節を一緒に過ごした事を物語っている。

テーブルの上には花瓶が倒れたまま枯れてしまったかすみ草と、袋に入ったままの二つのプリン。

この部屋でたくさんの時間を過ごした。二人だけの時間を過ごした。

ここでたくさんの試練を乗り越えたね。たくさん笑ったね。たくさん泣いたね。

出ていく美嘉より残される優のほうが何倍もつらいんだ。

いつか優が美嘉の事を恨んでしまう日が来るかもしれない。

美嘉は優を傷つけてしまったんだから……仕方のない事。

ずっと待っててくれた優を手放してしまったんだから……当然の報い。

でもね、美嘉は何があってもこの部屋で過ごした日々を忘れないよ。

絶対絶対、忘れないから。

背を向けて寝ている優の背中を見つめる。

そう言えば優の背中を見る事ってあまりなかったな。

優はいつも美嘉の横にいて一緒に笑ってくれてたもんね。

同じ歩幅で歩いてくれてたもんね。

床に座り、起こさないよう小さな声で優の背中に語りかけた。

「優……優の事好きだったよ。大好きだったよ。元カレの代わりとか、そんなんじゃない。優っていう一人の人が好きだったの。美嘉と付き合ってたくさんつらい想いさせちゃったね。美嘉ばっかり助けてもらって、優の事、助けてあげられなくてごめんね。優と過ごしてた時間は本当に楽しかったよ。だけどね、本当に守りたいものが何か……気づいちゃった。あの人を助けてあげたい。一緒にいたいの。優、傷つけて本当にごめんね……」

美嘉は持っていた優の上着を強く抱きしめた。

最後の優の残り香を……永遠に忘れぬよう心に焼きつける。

丸い涙のシミがついた上着をたたみ、優の枕元にそっと置いた。

「優……さようなら」

鍵を閉めポストの中に入れる。ドアに向かって深々と頭を下げ、マンションを出た。

その時……。

「……美嘉！」

上から名前を呼ぶ声で美嘉は顔を上げる。

太陽がちょうど雲で隠れているお陰でハッキリと見える。

……優。

優は部屋のベランダから体を乗り出している。

本当は起きてたんだ。美嘉の言葉、全部聞いてたんだ。

胸が苦しい。息がつまる。言葉が出ない。

立ち尽くす美嘉。優は大きな声で叫ぶ。

「美嘉、俺、待っとるからな。ずっとず――っと待っとるから！　つらくなったり寂しくなった時は、俺のとこに来な。いつでも待っとるから！」

優は最後までやさしいね。そのやさしさが、時々つらかった。

こんな美嘉のためにどうして……。

優にはもっといい人がいるよ。絶対幸せになれるよ。

「美嘉、幸せにならな承知せんで！　あいつが美嘉の事傷つけたら、今度はどんな手使ってでも奪いに行ったるからな。俺、いつかまた美嘉のしょっぱいケーキ食べれる日が来るの夢見とるから！」

クリスマスケーキの生クリームの砂糖と塩を間違えたの気づいてたんだ。

知ってて全部食べてくれたんだ。

優……優……優。

優に向かって舌を出すと、優は美嘉に向かってピースをした。

「俺、美嘉の笑顔が一番好きやで！」

自然にぽろぽろと温かい涙が流れ出る。

「優……」

「ピース返しせぇ！」

美嘉は涙を流しながら笑顔でピースを返した。

優、優が教えてくれたピースのおまじない効いたよ。

ピースの一つ目の意味、悲しくて切ないけど笑顔になれた。

ピースの二つ目の意味、優がどうか幸せになれますように。

美嘉は大きな荷物を持って歩き始めた。

壊したい壁

どんなに悩んでもおなかは減るし、どんなに胸を痛めても朝は来る。

優と別れて一週間がたった。

大学では相変わらず楽しそうな笑い声が響いてて……でもきっとみんなそれぞれ心に見えない傷を負ったりしてるんだよね。

優に似た人を見ると意識的に避けている自分がいる。

今は会わない方がいいと思うの、お互いのために。

ねぇ、いつか普通に笑ってあいさつくらいできる日は来るのかな⁇

そんな中途半端で都合のいい考え持ったらダメだよ。

でも、ただ想うくらいなら許されるのかな⁇

〝今日みんなで昼食食べない？　正門に集合ね！〟

イズミから届いたメールを読み、美嘉は正門へと歩き始めた。

正門前にはまだアヤとシンタロウの二人しかいない。

「あ〜！　美嘉おはよぉ〜聞いて聞いて〜！　あたし彼氏出来た♪」

アヤは……やっとケンちゃんを忘れる事ができたんだね。

「マジで～⁉　おめでと‼　今度紹介してね♪」

アヤの隣にいるシンタロウが、心配そうに美嘉の顔をのぞき込む。

「美嘉、元気ないみたいだけど何かあったか？」

気持ちのささいな変化って意外と女の子より男の子のほうが気づくものなのかもしれない。

「え⁇　普通に元気だよ‼　今日ウタも来るの⁇」

「あいつ最近また学校来ないんだよな。アヤが連絡しても返事来ないって言ってたし」

ウタにはクリスマスのプレゼントを買いに行った日以来会っていない。

テストも来ないなんて……心配だから後で連絡してみよう。

「え～きっとまたサボってんだぁ‼　あははは」

無理に笑う美嘉を見て、シンタロウは何か言いたげな表情をした。

「あ～美嘉久しぶり！　会いたかった！」

遠くから走ってきたイズミが美嘉に抱きつく。

「イズミ～美嘉もめっちゃ会いたかったよ～……」

「ったくおまえらは相変わらずだなぁ～」

突然、背後から現れ、タバコの煙を吐き出しながら低い声でボソッとつぶやいたのは……ヤマトだ。

ギャル男から一転、薄くヒゲを生やしたりなんかしてワイルド系になっている。この変わりようは何かあったに違いない。

「ねぇねぇ～今度はヤマトどうしちゃったの⁇」

本人に聞こえないよう小さい声でイズミに耳打ちする。

「なんかね、今度は彼女に渋い男が好きだって言われたみたい！」

「あちゃ～。ヤマト前までタバコなんか吸ってなかったよね⁉」

「あぁ、あれはふかしてるだけで肺には入れてないよ！　だっていっつもむせてるしね～！」

……ヤマトは相変わらず単純だな。

みんなに久しぶりに会えたのはとてもうれしい。

優と別れた事はいずれ話すつもりだけど、今聞かれたとしてもすべてを話す自信がなかった。

傷はまだ今も……開いたまま。

学食に行き、丸いテーブルを囲み昼食を食べ始める五人。

「アヤの彼氏ってさ～どんな人⁇」

福神漬をポリポリとかみながら、アヤに問いかける美嘉。

アヤは待ってました！　と言わんばかりに目を輝かせる。

「えっと～中学からの友達の紹介で知り合ったんだぁ♪」

「どうせラブラブなんでしょ～⁇」

「当然♪　毎日ラ～ブラブ！　デートもしまくり♪」

アヤ、すごく幸せそう。ちょっとだけ……うらやましいな。

ヒロは入院生活を送っているから、普通のデートはできない。

だからアヤの事をねたむ気持ちが少しだけ生まれた。

なんて、そんな弱音吐いちゃダメ。

いつかヒロが元気になってデートできる日が来るまで待とう。

「美嘉は優さんと相変わらずラブラブなんだろ？」

「あ……えっと……」

ヤマトからのあまりに突然の問いかけに、美嘉は言葉を詰まらせる。

「ケンカでもしたの～？」

イズミが冗談半分に美嘉の顔をのぞき込んだ時、美嘉の目からは大粒の涙がぽろぽろ
とこぼれ落ちて……。

ヒロを選んだ事を、後悔して泣いてるわけじゃない。

優を傷つけてしまった。その傷の大きさを考えたら、心が痛むの。

ただ黙って涙を流す美嘉に、シンタロウが落ち着いた声で問いかける。

「美嘉やっぱり何かあったんだろ？　顔見たらわかるんだからな」

一生懸命笑顔作ってたつもりだったのにな。

美嘉は持っていたスプーンを皿の上に置き、覚悟を決めた。

「優とね、別れちゃったぁ……」

……沈黙が続く。誰かの息をのむ音が聞こえた。

「別れた〜⁉　なんで⁉」

「あ……えっと……」

同時に立ち上がって美嘉に攻め寄るアヤとヤマト。

その瞬間、テーブルに置いてあったコップが床に落ち、激しく不快な音をたてて粉々に砕け散った。

「みんな落ち着いて美嘉の話聞こうぜ」

さすがは常に冷静なシンタロウ。

シンタロウの一声で立ち上がった二人は腰を下ろした。

「で、なななななんで別れたんだよ」

タバコに火をつけるヤマトは動揺しているのか指が震えている。

「美嘉から⁉　優さんから⁉」

興奮するアヤの問いかけに美嘉は力なく答えた。

「美嘉からだよ……」

「別れた理由は？　ケンカぐらいで別れたりする二人じゃないよね。私はずっと優さんと美嘉を見てきたからわかるよ？」

イズミは美嘉の目をまっすぐ見つめている。

美嘉は下を向き、手のひらを握りしめて目を強く閉じた。

「優より好きな人がいて……その人を選んだの」

……その相手がヒロだって事。そしてヒロが癌だという事は言わなかった。

反対されるのが嫌だったから。美嘉が決めた道……否定されるのが今はまだ怖い。

「もう戻る気はないのか？」

シンタロウの問いかけに、美嘉はゆっくりとうなずいた。

「は⁉　おまえ勝手すぎるよ！　好きな奴が出来たからってさっさと乗りかえるとかありえねーよ。優さんがどれだけ美嘉の事好きだったか知ってんのか⁉　マジで見損なったわ」

そう言って立ち上がり美嘉の胸ぐらをつかんで叫んだのはヤマトだ。

ヤマトは美嘉を強くにらみ、昼食を残したままどこかに行ってしまった。

つかんでいた胸ぐらを突然離されたせいで、フラついてそのまま床に座り込み、状況を理解できずにア然とする。

上からは嫌な視線を感じる。床に座り込んでいる美嘉を見下しているのは……アヤだ。

「本当に最低だよ！ 美嘉ってそんな軽い子だったんだ！」

カバンを手に取り、アヤもヤマトに続いてどこかに走り去ってしまった。

ヒロが病気の事。優が背中押してくれた事。

いろんな事があった。たくさん迷った。たくさん悩んだ。

どっちかを選ぶのは、すごくすごくつらかったよ。

美嘉もね、簡単な気持ちで優と別れたわけじゃ……ない。

でも、二人が言っていた事は間違ってないから。

ありえないよね、見損なうよね、最低だよね、軽い子だよね。

優……本当にごめんなさい。つぐないきれない想いでいっぱいです。

優が美嘉をどれだけ好きでいてくれたかなんて、そんな事美嘉が一番知ってるんだよ。

そんな優を裏切り、すぐ違う男の所に行くんだから……当然の報い。

「美嘉、大丈夫？」

そっと手を差し出してくれたのは、イズミだ。

シンタロウが床に散らばったコップの破片を拾う。

美嘉はイズミの手につかまりイスに座った。

……今日二回目の沈黙。三人とも話をどうやって切り出すか考えているのだろう。

「二人にはちゃんと話すね」

沈黙を破り、美嘉はイズミとシンタロウの返事を待たずに話し続けた。

「あのね、美嘉の好きな人って元カレなんだ」

口をあんぐり開け露骨に驚いている二人。

そりゃあそうだろう。

二人にとって、ヒロは美嘉と別れて美嘉の友達と付き合った最低な男でしかないのだから。

「元カレね、今病気で入院してて……病気っていっても癌なんだけど」

〝癌〟と言う単語を聞いてイズミが机に手をつき立ち上がった。

「癌って、大丈夫なの⁉」

「うん。本人は元気だから大丈夫だよ‼」

イズミはわかりやすく安心した顔をして再び腰を下ろした。

「でも、病気だから元カレを選んだわけじゃないの。ずっと考えて元カレに対する気持ちの方が大きかった事に気づいちゃったんだ」

「美嘉は後悔してないのか？」

シンタロウの問いに美嘉は迷わずに答える。

「うん、してない!!」

「この先きっとつらくなると思うぞ?」

「わかってる……でも後悔はしてない。これからもしない!!」

「美嘉は元カレのそばにいたいんだよね?」

イズミが何かを見透かすように美嘉から目をそらさない。

「……いたい」

「迷いはないんだよね?」

「……うん!!」

美嘉に顔を近づけ、うなずきながら微笑むイズミ。

「それならいいじゃん。後悔してないならいいよ!　美嘉が決めた事だもん。私は美嘉を応援するよ!　ね、シンタロウ?」

「当たり前だろ」

あのね、都合のいい話かもしれない。

だけど二人ならわかってくれて……そう言ってくれると思ったんだ。

「でもね、優の事、傷つけちゃった。美嘉は都合のいい女だぁ」

美嘉の投げやりな言葉を聞いて、イズミが美嘉の右のほっぺをシンタロウが左のほっぺをぎゅっとつかみ、強く引っ張った。

「自分を下げるような事、言うなっつーの」

「自称、優柔不断の美嘉が答え出したんだから私は偉いと思うよ！」

「ヒンタホウ……イフミ……」

本当は〝シンタロウ、イズミ〟と言いたかったのだ。

しかし両方のほっぺをつねられていたせいでうまく言えない。

それを聞いたイズミとシンタロウは同時に噴き出し、美嘉も二人につられて声を出して笑った。

反対されてもいい。もう決意が変わる事はない。

しどろもどろな言葉になったとしても、アヤとヤマトに真実を知ってほしい。

その時ガラス越しの遠くにアヤの姿を見つけた。

美嘉はイズミとシンタロウに別れを告げ、学食を飛び出しアヤの元へ走った。

駆け寄る美嘉に気づき、ぷいっとそっぽを向いて歩き始めるアヤ。

「アヤ、全部ちゃんと話すから聞いて……⁇」

腕をつかんで引き止めたが、アヤはつかまれた手を強く振り払う。

「ってか、美嘉がそんな人だと思ってなかった！」

美嘉は先を歩くアヤに向かって、できる限りの大声で叫んだ。

「……美嘉の好きな人ってヒロなの!!」

足を止めゆっくり振り返るアヤに駆け寄る。

しかし振り返ったアヤの顔があまりに恐ろしかったので美嘉は足を止めた。

何度も深呼吸をし、落ち着いて続きを話す。

「あのね、ヒロ実はね……」

アヤは美嘉の言葉を最後まで聞かずに、こっちへ向かって歩いてきた。

そして……。

パンッッ。

鈍い音が響いたと同時に、アヤの平手打ちが美嘉のほっぺに直撃した。

「美嘉もしょせんケンちゃんと同じ人間だったんだね」

ケンちゃんはアヤと付き合ってるにもかかわらず、ずっと元カノであるミドリさんの事が好きだった。

そして最終的に選んだのは……ミドリさんだった。

優と付き合っていたのに、最終的に元カレのヒロを選んだ美嘉を、ケンちゃんと重ね合わせたんだ。

もしかしたらそれよりも……最低な人間なのかもしれない。

たたかれたほっぺが熱く、じわじわと痛みを増す。

「アヤ、あのね……」

「なんでヒロ君なの⁉　あんな最低な男のどこがいいの⁉　あんな男選ぶなんて信じられない！」

パシッ……。

気づけば美嘉の手のひらはアヤの頬を強くたたいていた。

「痛ぁ〜！　何すんの⁉　偉そうに二人の男選んでる美嘉が悪いんじゃん！　優さんの事、傷つけたくせに！」

確かに、確かにそうだよ。優を傷つけてしまった……そんなの痛いくらいわかってるんだ。

でもね、ヒロの悪口は言わないで。

ヒロは最低な男なんかじゃない、何も悪くないの。ヒロは何も悪くないんだから。

優を離しヒロを選んだ事実は……一生変わる事はない。

優につけた傷を、これからも一生背負っていく覚悟はあるよ。

最初はヒロを選んだ事を反対されるのが嫌で、ヒロが癌に侵されているという事を言おうか少しためらった。

でもね、今は違うよ。友達だからこそ全部を知ってほしいの。一緒にいろいろ乗り越えてきた仲間だからこそ……包み隠さずすべてを知ってほしかったんだ。

「時にはね、すごくすごく大切なものを捨ててまでも守らなきゃいけないものだって……あるよ」

美嘉はアヤにそう言い残すと、走って学校を出た。

アヤがちゃんと話を聞いてくれないから、腹が立ったのかもしれない。

アヤに言われた事が図星だったから、八つ当たりしたのかもしれない。

胸に何かを詰まらせたような気持ちのまま、美嘉は病院へと向かった。

「ヒ〜ロっ!! お見舞いに来たよん!!」

病院に着き、元気を装ってノックもせずに病室のドアを開ける。

「バ……バカ、おまえ一回外出てろ！」

帽子をかぶっていない頭を自分の両手で必死に隠すヒロ。

美嘉はまずい状況だと悟り、言われた通りいったん病室を出た。

「いーぞー」

「失礼しま〜す」

ノックをしてドアを開けると、ヒロはいつも通り帽子をかぶっている。

「今さらノックしてんじゃねえよ！ おまえはバカか！」

「ね〜何で出てけって言ったの⁇」

「好きな女にカッコわりぃ姿見せらんねーだろ」

バカ!!　何こんな時にカッコつけてるのさ……。

本当は髪ないのつらいよね。無理して笑ってるよね。

あれ⁇　目が熱くて涙が出そう。美嘉ってこんなに弱かったっけ⁇

今一番泣きたいのはヒロなのに、美嘉が泣いたらダメじゃん。

「美嘉、こっち来い。俺が行ってやる事はできねぇけどごめんな」

ベッドに近づくとヒロは立ちひざをしながら美嘉の体を抱き寄せた。

「ったくよぉ〜泣き虫なところは変わんねぇなぁ」

「……泣いてないも〜ん!!」

言葉とは反対に美嘉の目からはとめどなく涙があふれ出る。

ヒロの前で泣かないって決めたはずなのに……弱虫。

ヒロは流れる涙を親指でふき、意地悪そうに笑った。

「じゃあ目から出てるこの水は何だろうな〜?」

「……汗だよっ!!　だってここ暑いもん!!」

「美嘉の汗は目から出るんだぁ〜すっげぇ!」

子供扱いしたバカにしたような言い方にムカッときて背を向けると、ヒロは美嘉の持っていたカバンをつかんで引き止めた。

「こんな俺で嫌じゃねぇのか？」

背を向けたまま答える。

「こんな俺……って⁇」

「病院でしか会えねーし髪もないし」

「もし美嘉が嫌って言ったらどうするの⁇」

「それでも離さねぇけどな！」

美嘉はその言葉を聞いて、舌を出して振り返った。

「髪なくても病院以外で会えなくても〜いいの‼」

「ふ〜ん」

そっけなく答えて窓の方に顔を向けるヒロ。

本当はうれしいくせに、一瞬笑顔になったくせに‼

まったく素直じゃないんだから……って素直じゃないのは美嘉も同じじか。

ヒロは近くにあった小さい手鏡を取り、自分の姿を映す。

「俺、坊主でもなかなかイケんじゃねぇ〜？」

「うん、イケるよっ‼　……一休さんみたいで」

「はぁ？　今、何つった？　聞こえねぇ〜！」

「別に〜波平さんみたいでカッコいいって言ったんだよぉ♪」

「てめぇ〜、ふざけんなよ！」

ヒロが美嘉のマフラーを強く引っ張り、その勢いで二人はベッドに倒れ込んだ。

「ねぇ、高校の時みたいに戻れるよね……⁇」

こんな事、言うつもりはなかったのに自然と言葉が出てきてしまった。

「おう、当たりめぇだろ」

「また二人で川原に行ったりデートしたりできる⁇」

「余裕だ！　ってか絶対してみせっから。俺体強いから安心しろ」

「ヒロ、強いもんね‼　ケンカとか負けた事ないもんね‼」

ヒロは美嘉の体を強引に自分の方へと寄せ、そっとキスをした。

あの頃よりずっとずっと……優しいキス。

ねぇ、昔みたいに戻れるよね。また二人で笑い合えるんだね。

一緒に闘って行こうね。ね。ね……。

唇でヒロの温かさを感じ、耳でヒロの鼓動を感じる。

触れる唇のぬくもりは生きている証《あかし》。体に響く鼓動は生きている証。

〝行ってこい！〟

〝待っとるから。ずーっとず——っと待っとるから。

つらくなったり寂しくなった時には俺のとこに来な！〟

〝美嘉、幸せにならな承知せんで！　あいつが美嘉の事、傷つけたら、今度はどんな手使ってでも奪いに行ったるからな〟

優が言ってくれたたくさんの言葉。優しい愛の言葉。

この言葉がね、もう戻ってこない事を感じていて、もう会えないかもしれない事をわかっていて……それでも美嘉を安心させるために優がついた、最初で最後の嘘だったとしてもね、その言葉が今、美嘉の心の支えになっているんだよ。

優に出会って美嘉は大人になれた、今になって強くそう感じる。

もしいつか二人で過ごした日々を後悔する日が来たのなら、美嘉の事をたくさん憎み、そして恨んでください。

今はあなたの事を思い出して涙を流したりはしません。

もしいつか、あなたが誰よりも幸せになる日が来た時……その時に思い出して、美嘉は一人で涙を流すでしょう。

だから今は考えない。振り返らない。いつかあなたが世界一幸せになる日まで。

かすみ草の花言葉……〝清らかな心〟。

あなたは最後までまっすぐでやさしい人でした。

雨が降ってもいつかは晴れる。降った雨が一輪の花を咲かす。

大好きだった人、数えきれないやさしさをありがとう。

ずっと忘れません。

今も大好きな人、これからも一緒に。

ずっとずっと一緒に……。


長かった春休みも終わり、美嘉は大学二年生になった。

春休み中はお花やお菓子を持って、ほぼ毎日ヒロのお見舞いに行った。

ヒロの変わり果てた姿はもう見慣れたけど、まだ時々昔の元気なヒロの姿を思い出して胸が苦しくなったりする時がある。

でも毎日ヒロに会える事がうれしかったし、ヒロが日に日に元気になっていく姿を見ていたら美嘉も元気を分けてもらえた。

しかし美嘉は毎日学校に行くのが憂鬱で仕方がなかった。

あれからアヤとヤマトには避けられたままで、まだ仲直りするどころか連絡さえ取っていない。ウタは相変わらず来ていない。

イズミはそもそも大学生ではないし、無事ホームヘルパーの資格を取って働き始めたので忙しそうだ。

シンタロウとはとっている授業が違うからあまり会う事がない。

一人でいる美嘉に話しかけてくれる子も何人かいたけど、今、仲良くなっても表面上の付き合いしかできないような気がして心を開く事ができなかった。

友達は大切……だけどすれ違って疲れてしまう時もあるんだ。

昼になると学食も食べずに、誰もいない教室で一人お母さんが作ったおにぎりを食べる。これが毎日の日課だった。

でも不思議と寂しくはなかった。

授業が終われば……ヒロに会える。

ヒロと笑って話せるのが美嘉にとって今一番楽しみな事。

最近はささいな事で幸せを感じられるようになった。

たとえば手をつないで歩いたりだとか、抱き合ってキスをするだとか。

ヒロが病気になってしまった事が良かったとは言えないけど、そのお陰で気づいた事もたくさんある。

一度離れ離れになった二人だから、お互いをより大切にする事ができるんだ。

ヒロ、頑張ろうね。美嘉も頑張るからね。


——六月……。

春でもなく夏でもないまだちょっと肌寒い季節。

授業を終え、美嘉は病院に向かう途中ウタに電話をかけた。

ウタには何度か連絡してみたけど、つながるアナウンスはいつも同じ。

〝ただいま電話に出ることができません。ピーッと言う発信音のあとにメッセージをお入れください。ピーッ〟

メッセージも何件か入れた。

『美嘉です。ウタ連絡ちょうだい‼』

『美嘉です。ウタ〜大丈夫⁇』

しかし音沙汰なしだったので、今日もほとんどあきらめた気持ちで電話をかけた。

♪プルルルルルル♪

ガチャ。

出るのがあまりに早いのでまたいつものアナウンスだと思い、通話ボタンを押して切ろうとしたその時……。

『もしもし〜美嘉なりかぁぁぁ⁇⁇』

美嘉は一度耳から離した携帯電話をもう一度耳に当てる。

『ウウウウ……ウタ‼ 本物⁉』

『本物のウタだよ〜ん♪♪ 忙しかったのだぁ‼‼‼』

相変わらずのウタのテンションに胸をなで下ろす。

『ウタ学校来ないの⁇ テストも来なかったし心配したよっ‼』

『ウタね、学校やめるつもりなのだぁ!!!!!!』

悪びれない態度で衝撃発言をするウタ。

『なんでやめるの⁉　なんかあったの⁇』

美嘉は通話口に近付き返事を急いだ。

『美嘉今、外にいるなりかぁ⁇　外なら近くにコンビニあったら入って雑誌のコーナー行ってくりぃ♪♪』

偶然外にいたので美嘉は近くのコンビニまで走り、言われた通り雑誌のコーナーへ行く。

『ウタ～雑誌のコーナーに着いたよ!!』

『そこに赤いドレス着た女の人が表紙の本あったりしない⁇⁇』

赤いドレスを着た女の人が表紙の本は……確かにある。

しかしその雑誌は男の人が読むHな雑誌のコーナーにあって、運悪くちょうどそのあたりでは二人の男が立ち読みをしている。

「ちょっと横、失礼しま～す!!」

立ち読みしている男の人のすきまに入り込み、雑誌を手に取った。

『ウタ、雑誌あったよ～!!　この雑誌がどうしたの⁇』

『んぢゃぁ、そこの一二四ページ開いて見てちょ～!!!!!!』

首を傾《かし》げて耳と肩の間に携帯を挟む方法が一番いい。

不格好な自分の姿が正面のガラスに映り、恥ずかしくなったので、美嘉は急いでページを開いた。

『美嘉〜見れたなりかぁ⁇⁇⁇⁈』

そのページを見て美嘉は開いた口がふさがらなかった。

そこに載っているのはドレスを着てメイクをバッチリした……ウタの姿。

『ウウ……ウタ載ってる‼　芸能界デビューしたの⁉』

動揺を隠せず大声で叫ぶと、ウタはケラケラと高い声で笑った。

『そう！　芸能界デビュー……っておい！　ウタね〜今、夜の仕事やってるの〜‼‼‼‼　クラブで働いてるんだぁ‼‼』

雑誌の中のウタはナチュラルメイクで黒のドレスがとても似合っている。

『え〜っ‼　なんで夜の仕事やってるの⁇』

手に持った雑誌をいったん閉じ、落ち着き払った声を作ってウタに問う。

『ウタね、自分のお店持つのが夢なんだ〜‼‼‼』

『……お店⁇』

『うん、ジュエリーの店経営したいんだっちゃ♪♪♪』

『それは大学行きながらはできないの⁉』

『早く資金貯《た》めたいなりよぉ♪♪　今までは彼氏いたから、夜働いたりできなかったけど、今なら大丈夫なのだぁ!!!!!!』

『彼氏と別れちゃったんだぁ……そっかぁ』

『そうなりぃ!!　でもね、学校やめても部室には顔出すだっちゃ!!!!!!　美嘉はもちろん永遠のマブダチっしょ⁇⁇⁇⁇』

ウタはもともとあまり学校に来てなかったし、やめたとしても今さら状況は変わらないかもしれない。

でももう来ないんだなぁと思うと寂しくなるものだ。

大学やめないで一緒に頑張ろう⁇　……なんて言える立場じゃないから。

やっぱり大好きな友達の夢なら応援してあげたい。

『うん、マブダチだよっ!!　その代わり店持ったらジュエリー安くしてねぇ♪♪』

『当たり前だっちゃぁ!!!!　エンゲージリングあげる!!!!　暇できたらウタと遊んでねえ!　……あっ、客来たから、また連絡するなりね♪♪♪』

電話を切ったあとコンビニで花を買い、とぼとぼと病院へ向かった。

雑誌に載っていたウタは別世界の人になってしまったみたいで、なんだかとても寂しかった。

ウタは自分の店を持つために学校をやめて夜の仕事をし、イズミはなりたかったホームヘルパーの資格を取って今働いている。

みんないずれバラバラになるのかもしれないけど、みんな夢を追いかけていってるんだけど、なんだかすごく寂しくて。

……高校の時は何も考えずに楽しかったら笑って、悲しかったら泣いていた。

でも今はそうはいかないよね。

高校時代の自分が少しうらやましくなる。

少しずつ大人に近づいているのが……わかるよ。

美嘉の夢ってなんだろう。世界を回る通訳だっけ⁇

本当に通訳になりたかったのかな⁇　今もなりたい⁇

大好きな人が元気になってその人と一緒に手をつないで外を散歩することができたら
……それが今の一番の夢。

なりたいかもわからない夢を追うために大学に通う意味があるのかな。

消えかけている夢のために、通う意味が見つからない。

生ぬるい風が長い髪をかすかに揺らす。

どこかから聞こえるうるさい誰かの笑い声に、今はなんだか耳をふさぎたくなった。

ゆっくり歩き外が薄暗くなった頃、病院に到着した。

病室へ向かう足どりが少し重く、階段を一段一段踏みしめて上る。

三〇二号室の前。

元気を出そうと美嘉は両手で顔をパンッとたたき、気合いを入れてノックをした。

トン、トン。

「どうぞー」

ドア越しに聞こえる低く落ち着いた声。

その落ち着き様が、入院生活に慣れてしまった悲しい事実をはっきりと物語っている。

「失礼しまぁ～す♪」

「お～美嘉。毎日来てくれてありがとな」

美嘉はコンビニで買った花を取り出し、近くにあった花瓶に入れた。

「なんか飲むか？」

「ん⁇　いらないいらない！　ヒロはゆっくり寝てなさ～い♪」

ヒロに布団をかけ近くにあったイスに腰をかける。

腰かけた瞬間に鳴ったミシッという音が、音のない病室に響いた。

「最近どうだ？　何かあったか？」

「ん～、大学やめよっかなぁ～とか思ったぁ……」

ヒロはさっきかけたばかりの布団を取りガバッと起き上がる。

「なんでだよ！　誰かにいじめられたのか⁉」

「いや、いじめられたとかじゃなくて……」

「美嘉をいじめる奴がいたら俺が助けるから。ぶん殴る」

ヒロの言葉は……嘘や冗談ではない。

高校の時、ＰＨＳの番号とアドレスを黒板に書かれた時、教室まで来てものすごい勢いでブチ切れたっけ……。

そんな過去を思い出すとなぜか笑いが込み上げてきた。

「何がおかしいんだよ？」

ヒロはそんな美嘉の姿に気づいたようだ。

「別になんもだよ～!! あんまり気にしないでぇ♪」

「けっ、別にいいけどよ！　で、なんでやめたいんだ？」

真剣な表情のヒロに対して、それに応えるようまじめに返す。

「なんかね～なんで大学に行ってるかわからなくなっちゃったぁ。大学行って何がしたいかとかわからないんだよね……」

「つーかそんなのみんな同じだろ」

「……えっ⁇」

言葉の意味が理解できず、美嘉はヒロの顔をのぞき込む。

「何か目的があって学校に通う奴なんかあまりいないんじゃねぇ？　みんな学校に通い

ながらやりたい事を探していくんだと俺は思うけどな。だから美嘉も学校に行きながらゆっくり考えたらいいんじゃん？ それからでも遅くはねぇし」

美嘉はヒロの言葉一つ一つを繰り返し、ゆっくりと心で受け止める。

「まぁ俺は勉強嫌いだからやめたくなる気持ちもわかるけどな！」

ヒロは最後に軽い笑いを交ぜ、再び横になった。

「ヒロ、ありがとっ!!」

しばらく考えた後、美嘉はヒロに向かって頭を下げた。しかしヒロからの返事はない。

「ヒロ……ありがとね⁇」

もう一度言ってみたが、やはり返事はない。

顔をのぞくとヒロはスースーと寝息をたてて眠ってしまっている。

「……まったくもぉ〜」

布団を肩までかけ直した後、ヒロの寝顔を見ながら思っていた。

本当はね、学校行くのちょっとつらいの。

いつも一人だしね、みんながバラバラになっていくのが怖い。

みんな夢があって、自分だけ取り残されたみたいで寂しいんだ。

でもヒロの言葉でこれから頑張ろうって思えた。

話聞いてくれてありがとうね。

今、美嘉にはヒロだけだから……ヒロがすべてだから。

――八月。


今年の夏は一段と蒸し暑い。

太陽が当たって熱しているコンクリートの上をただ歩くだけでわき出る汗がそれを物語っている。

美嘉は大学に入って二回目の夏休みを迎えた。

旅行サークルの先輩から何度かキャンプのお誘いの電話が来たけれど、バイトが忙しいという理由で断った。

そんなの行けない……行けるわけない。


朝、目覚めると携帯電話に一件のメールが届いていた。

寝ぼけながらしぶしぶ受信BOXを開く。

受信：ヤマト
携帯電話の画面に〝ヤマト〟の文字を見たのは……いつ以来だろうか。

《美嘉ごめん。イズミから優さんと別れた理由は聞いた。俺なんも知らないのにあん時カッとなってマジで悪かった》

ヤマトからのメールはずっと仲直りするきっかけが欲しかった美嘉にとってうれしい内容のはずなのに、なぜかなんの感情もわかなかった。

イズミがヤマトに話した事に怒りを感じたわけではない。

ただ優と別れた理由がヒロの病気のせいになっているみたいで……それがすごく嫌だった。

どんな理由にしても美嘉が元カレを選んだ自分勝手な人間である事には変わりないのだけど。

《美嘉こそごめんね》

ヤマトにメールを返信すると同時に、電話がかかってきた。

♪プルルルルルルル♪

着信：ヤマト

『もしもし美嘉か？　俺、何も知らなくて、マジごめんな』

『いや、こっちこそごめんねっ!!　あのね、美嘉、元カレが病気だからって理由だけで優と別れたわけじゃないから……』

『そっか、わかった。ってかわかってる。マジで悪かった。そういえば美嘉はキャンプ行くのか？』

心の中で、行けるはずないだろ!!　と叫んでいる自分。冷静に冷静に……。

男って女ほど昔付き合ってた人の存在を気にしないのかもしれない。

『い……行くわけないじゃん!!　ヤマトは??』

『そっか。俺も行かないんだけどな。つうかたぶん去年行ったメンバーほとんど行かないと思うよ。最近みんなで集まったりしてねーよな。なんかうまく言えないけど、なんかなぁ……』

ヤマトが言いたい事は痛いほどわかる。

みんながバラバラになっている事……気づいていたんだね。

美嘉は部屋の隅に追いやられた卒業アルバムに目をやった。

……あとで久しぶりに見てみよう。

『またみんなで遊んだり飯食ったりしような!』

携帯の向こうから突然聞こえたヤマトの声にハッと意識を取り戻した。

『うん、そうだねっ!!　絶対だよ!!』

電話を切った後、慣れたはずの静寂がとてつもなく寂しく感じられた。

アヤとケンカして初めて友達に殴られて、初めて友達を殴った。

もう去年みたいにみんなで騒いだりする事は……ないのかな。

「……はぁぁぁあ～」

美嘉はわざと声が出るくらい大きなため息をつき、立ち上がった。

今日は病院にお見舞いに行く前にどうしても買いたい物があるのでいつもより早く家を出る。

外は直射日光が当たり頭がじりじりするので、なるべく日陰に身を隠し、歩く人の群れに交じって歩いた。

そして到着した先はいつも行っているコンビニだ。

どうしても買いたい物とは……インスタントカメラ。

高校時代にヒロと撮った写真は、別れてからすべて捨ててしまったので、もう一度ヒロとの写真が欲しい。

27枚撮りのインスタントカメラを買い、ついでに何か食べる物も買おうとお菓子のコーナーをうろうろしていると〝新商品〟と大きく書かれた文字に目を奪われ、美嘉はそれを手に取った。

「……みかんキャラメル」

思わず言葉に出してしまい、一人で笑ってしまった。

みかんキャラメルって初めて聞いたけど……おいしいの?? みかんだけにオレンジ色だし!!

冗談半分な気持ちもあったし、どんな味なのか興味もあったのでみかんキャラメルも買って病院へ向かった。

「失礼しま〜す♪　美嘉がやって参りました〜!!」

「おう、おまえは今日も元気だな」

ノックをしないでドアを開けたがヒロはもう慣れてしまったみたいだ。

「ヒロっち元気してたぁ〜⁇」

「まぁな。……って昨日も会ったじゃん！」

インスタントカメラを取り出そうと袋に手を入れた時に、ふと考えた。

ヒロ、もしかしたら写真撮るの嫌かもしれないよね。

美嘉だったら自分が病気の時の姿を撮られたら嫌だもん……。

美嘉は一度つかんだインスタントカメラから手を離し、代わりにみかんキャラメルを取り出しヒロに差し出した。

「ねーねーこれ見て〜!!　新商品だから買ってきちゃった〜♪」

みかんキャラメルの方に注目させ、インスタントカメラの入った袋をヒロから見えないベッドの下にさりげなく置く。

「は？　みかんキャラメル？　これってうまいの？」

ヒロはキャラメルを見ながら、不思議そうな顔をしている。

「さぁわかんないなぁ〜!!　ヒロ食べてみてぇ〜♪」

箱を開けキャラメルを一粒取り出しヒロの手のひらに置くと、ヒロはキャラメルを握りしめて微笑んだ。

「これ食ってまずくて俺が死んだら美嘉のせいだからな！」

〝死〟

冗談でも聞きたくなかった響き。ふざけてでも言ってほしくなかった言葉。

ヒロが〝死〟を口にした瞬間、病室の空気が凍りついた。

ヒロにとって〝死〟は、遠いようで近い。

ヒロはこれからも生きるとわかっていながらも、いざ〝死〟を意識するとたまに怖くなったりする。

この微妙な空気が自分の発言のせいだと気づいたのか、ヒロは雰囲気を変えようと明るい口調で話し始めた。

「じゃあ～キャラメル食ってみっかな！」

ヒロと会っている間は楽しく過ごしたいからなるべく考えないようにしようと、美嘉は近くにあったイスに腰をかけ、笑って返事をした。

「うん、食べて食べて～♪♪　早く食べてっ!!」

「でもやっぱり美嘉が先に毒味してくれねーとな」

そう言いながらキャラメルを自分の口に入れるヒロ。

美嘉に先に毒味させると言いながら、自分の口に入れてしまうという矛盾に少し疑問を感じていると……ヒロは美嘉の頭の後ろに手を回し、自分の方へと引き寄せた。

二人の唇が近づき目を閉じると、口の中に何かが入ってきた。

甘い味がふわっと広がる。

その物体をゆっくりかむとやわらかい感触。この味はもしかして……みかんキャラメル⁇

目を開けると、ヒロがいじめっ子のような顔で声を抑えて笑っている。

「あ〜‼ もしかして美嘉に毒味させたでしょぉ〜⁉」

「だから美嘉が先って言っただろ！ どう？ うまい？」

改めてキャラメルをかみ、じっくりと味わう。

「……意外とうまいかもっ‼」

みかんキャラメルと聞いて微妙な味だと決めつけていたが、キャラメルの甘さとみかんの酸っぱさがマッチしていてなかなかの味わいだ。

「マジかよ？ 俺にも食わせて！」

ヒロはキャラメルをもう一粒開けると美嘉の唇へと挟んだ。

美嘉はキャラメルを唇に挟んだままヒロの唇へと運ぶ。

キャラメルがヒロの口へ運ばれた時、二人の唇はそっと重なり合った。

みかんキャラメル味の……甘く溶けてしまいそうなキス。

ガサッ……。

ベッドの下に置いたカメラの入った袋をけってしまった音をきっかけに、二人の唇は離れる。

「……みかんキャラメルおいしい⁇」

沈黙になると照れくさいので、美嘉はすかさず言葉を発した。

「かなりうまい！　俺、普通のキャラメルより好きかもしんねぇ」

ヒロはキャラメルの箱を握ってうれしそうにニコニコしている。

どうやらみかんキャラメルを気に入ってしまったようだ。

「じゃあまた買ってくるね♪　そしてまた食べさせてあげるぅ‼」

「おー、俺も美嘉に食わせてやっから！　食いたくなったら言えよ？」

ヒロはキャラメルの箱をじっと見つめ、そして何かを発見したのか、突然大声を張り上げた。

「今思ったんだけど、〝美嘉〟と〝みかん〟って響き似てねぇ⁉」

ヒロの子供じみた発言に噴き出す美嘉。

「確かに似てるけど……何いきなり～‼」

キャラメルの箱をカラカラと横に振るヒロ。

「このキャラメル食うたび、美嘉から元気もらえる気がするわ。なんたって美嘉とみかんだからな！」

冗談だか本気だかわからないヒロの発言に、病室には笑い声が響いた。

この時、子供みたいに無邪気に笑うヒロがとても愛《いと》しく感じたのを……今でもはっきりと覚えている。

すると突然、ヒロがベッドの横にある棚に置いてあった自分の携帯電話を手に取ってカチカチといじり始めた。

「ヒ〜ロ君〜？　何してるの〜⁇」

わざと子供をあやすように話しかけると、ヒロは美嘉に携帯電話を向けた。

パシャッ。

「よし！　美嘉の顔、撮ったぜ〜」

「あ〜‼　写メール撮ったでしょ⁉」

ヒロの携帯電話を奪おうとするが、ヒロは離そうとしない。

「も〜。ちゃんと消してね‼」

「普通のカメラとかあったら良かったんだけどなー。そしたら美嘉と二人で撮れんのに！」

そこで思い出したのはさっき買ったカメラの存在。

ヒロは写真を撮るのが嫌かもしれないと思って隠したけど、ヒロも撮りたいと思ってくれてたんだ……。

美嘉はすかさずベッドの下からインスタントカメラを取り出して、ヒロに向かって自慢げに差し出した。

「実はカメラあるので～す!!」

ヒロは驚いたような顔をしたが、その顔に少し違和感を覚えた。

そしてそんなヒロの態度に一つの疑問が生まれた。

ヒロに見えないようベッドの下にカメラを隠したけど、その前に美嘉がカメラを取り出そうと迷っていた時にヒロがカメラの存在に気づいたとしても不思議ではない。

もしかしてカメラがあるの知っててわざと言ったんじゃないの⁇

「すげぇ、カメラまであんの？　おまえやるな！」

ヒロの言葉はいやに大げさでわざとらしい。そして美嘉の疑問は確信へと変わった。

「じゃあ……今度撮ろうねっ!!」

一度差し出したカメラを再び袋にしまおうとするが、ヒロが右手でカメラをつかんで離そうとしない。

「そのカメラ俺があずかったらダメか？」

「えっ!!　でも……」

「いいだろ?」

強引さと迫力に負けてしまい、美嘉はおずおずとカメラを渡す。

ヒロはそのカメラを受け取ったと同時に美嘉の方にカメラを向けてシャッターを押し、その瞬間フラッシュがまぶしく光った。

「あ～ちょっと!! また撮ったでしょ!?」

「うるせ～。撮ってねぇし!」

ヒロはそのカメラを大切そうに握りしめると枕の横に置いた。

27枚撮りのカメラ……残りは26枚。


「あっ……雪だぁ」

時の流れは早く、短い秋は通り過ぎ冬が近づいてきた。

今年はヒロと四年ぶりに過ごす冬。

この季節に何度心を痛めた事だろう。そして今でもまだ時々痛む事がある。

冬……きっと永遠に、何かを思い出す季節。

失った命を……手を離した人を……永遠に思い出す季節。

ヒロのお見舞いは変わらず毎日行き、行くたびにヒロのお気に入りであるみかんキャラメルを買っていった。

そのたびにヒロは元気が出ると言ってうれしそうに食べてくれる。

そんなヒロの笑顔を見ると美嘉もうれしくなっちゃって……いつの間にかベッドの横の棚には、みかんキャラメルの空き箱が大量に積み重なっていた。

みかんキャラメルが効いたのかはわからないけど、ヒロの体はどんどん元気になり、退院も夢じゃないと思えるくらいに回復していった。

検査はつらいはずなのに、ヒロは絶対弱音を吐いたりはしない。

「俺強いから！」

これがヒロの口ぐせ。

うん、ヒロは強いよ。ケンカ負けた事ないもんね。

それになんたって大変な病気と一生懸命闘ってるんだもん。

美嘉だったら絶対に弱音吐いてると思う。

強いから……ヒロは強いからね。


――十二月二十四日。

今日はクリスマスイブ。

またヒロとこの日を過ごせるなんて……思ってもなかったよ。

大学はすでに冬休みに入っている。

「おはよぉ～」

昼に目を覚まし、美嘉はのそっと居間に顔を出した。

「もうお昼よ。本当にぐーたらして」

あきれ顔のお母さんの横でお姉ちゃんが腹を抱えて笑っている。

「美嘉、寝ぐせすごい～アフロみたいになってる！　お父さん、見て～」

ソファーに座って新聞を読んでいたお父さんが、新聞を横にずらし美嘉の頭をちらりと見た。

「今どきっぽくていいんじゃないか」

一時はバラバラになりかけた家族の姿はもうどこにもない。

今あるのは仲良しで温かい家族の姿。

そう、昔のように。

「うるさ～い!!」

美嘉は乱暴に引いたイスに座り、目玉焼きにフォークを突き刺した。

「今日もヒロ君の所に行くのかい？」

お母さんの問いに目玉焼きを口に入れながら答える美嘉。

「もっちろ～ん!!」

家族にはヒロが癌であることを話した。

みんな、そばにいてあげなさいって……そう言ってくれた。

「いってきまぁ〜す♪」

美嘉は家を出てすぐに携帯電話ショップへ足を運んだ。

「この黒い携帯電話契約したいんですけどっ!!」

もちろん自分で使うために契約するわけではない。

じゃあ誰に買うって⁇　それは夜になればわかる話。

「身分証明できる物をおあずかりして契約書にご記入お願いします」

二十歳になったから親の承諾がなくても契約できる。

……美嘉ももう二十歳か……。時間が過ぎるのは早いなぁ。

しばらく待っていると、きれいなお姉さんが黒い携帯電話を差し出した。

「大変お待たせいたしました。こちらでよろしいですね？」

「はい、ありがとうございますっ!!」

買った携帯電話は最新機種ってほど新しくはないけど、ムービーを撮ったりテレビ電話もできる。

美嘉は店を出るとラッピング用品を買い、携帯電話をきれいに包装した。

時間はもう夕方の五時。夏ならまだ明るいが、冬なので薄暗い。

ケーキ屋さんでショートケーキを二つとコンビニでみかんキャラメルを一箱買い、美嘉は病院へ向かった。

ケーキは昨日の夜一応作ってはみたんだけど……失敗しちゃったんだ。

今回はケーキ屋さんので我慢してもらおう。

「失礼しま〜す!! ヒロ〜元気??」

いつものようにノックをしないで病室のドアを開けると、そこにはなんとヒロのお母さんの姿が……。

「あら〜美嘉ちゃん来てくれたの！」

ノックをしなかった事に今さら後悔する。

「す……すみません!!」

ドアを閉めようとする美嘉に大声で叫ぶヒロのお母さん。

「あら、いいのよ！　おばさんもちょうど帰ろうと思ってたとこだからあとはよろしくね！」

ヒロのお母さんは気をきかせてくれたのか上着を羽織って帰っていった。

病室は美嘉とヒロの二人きりになる。

「ヒロメリクリ〜っ!!　みかんキャラメル買ってきたよん♪」

箱からキャラメルを一粒取り出して唇に挟み、ヒロの唇へと運ぶ。

なぜかみかんキャラメルを食べる時は、お互い唇に運び合う事が当たり前になっていた。

「さんきゅ～」

「あ～そう言えばケーキも買ってきたぁ!!」

ケーキの箱を取り出しベッドの上に置くと、ヒロはキャラメルをかみながら首を横に振る。

「ありがとな。でも俺、今キャラメル食ってるからあとでもらうわ！　美嘉、先に食っていいよ！」

「わーいわーい♪」

ケーキを取り出し、フォークでケーキを頬ばる美嘉。

その姿を見てヒロがふふっと小さく笑う。

「子供みてぇ……」

美嘉はケーキを食べる手を止め、ヒロをにらみつけた。

「もうハタチだも～ん。ってかヒロより誕生日早いからヒロより美嘉のほうが大人だし～!!」

「はいはい、そーっすね～美嘉は大人です。俺が悪かった！」

ムキになって反論する美嘉に対して、イヤミっぽく言い放つヒロ。

彼は余裕の表情を浮かべている。

美嘉はケーキを食べ終え、満足したところでカバンからプレゼントを取り出し、ヒロに手渡した。

「はい、クリスマスプレゼントで～す!!」

「俺なんも買ってねぇよ?」

「ヒロは元気でいてくれたらそれでいーのっ!!」

「退院したらぜってぇお礼すっから。マジでありがとな!」

美嘉はプレゼントを開けようとするヒロの手を止める。

「プレゼントは零時になったら開けてっ!!」

しばらく何かを考え込むヒロ。

「……わかった!」

結論が出たのか、期待に満ちあふれた顔でそう答えた。

「じゃあ美嘉はそろそろ帰ろっかな!!」

イスから立ち上がるとヒロは美嘉の指先をつかんで引き止める。

「お参り……俺、行けねぇけどごめんな」

「気にしないで! 何かお供えしておいてほしい物とかある??」

美嘉は笑顔を隠すのに必死だった。

なぜならヒロに渡したプレゼントはお参りに関する物だったから。

「供えてもらいてぇのあるんだけど、俺の家にあるんだよな」

「じゃあ美嘉がヒロの家まで取りに行くよ!!」

時間にはまだ余裕があるから全然大丈夫。

「姉貴に聞けばたぶんわかると思うから。ごめんな」

「了解～♪ プレゼントは絶対零時に開けてねっ!!」


病院を出てヒロの家まで歩き始める。

しんしんと降る雪は清くはかなく、美嘉の心の奥をきゅっと痛ませた。

ピンポーン。

「はいは～い。あ、美嘉ちゃん!」

チャイムを押し、出てきたのはお姉さんのミナコさんだ。

「あ、なんかヒロにお供えの……」

「あぁ、あれね! とりあえず入りなよ!」

コートと靴についた雪を払い、ヒロの部屋の中に入る。

最後にここに来たのは、ヒロと別れる前日だったなぁ。

あの頃とまったく変わらない部屋。この部屋にもう一度来たいと……何度夢見ただろう。

寒い場所から暖かい空間に変わったので、シモヤケで体がかゆい。

ベッドに腰を下ろし冷えた手に息をかけて温めていると、ミナコさんは部屋の隅から大きなダンボール箱を取り出してきた。

「あいつが言ってたのはたぶんこれの事だと思うんだけど！」

「……何ですか⁇」

「とりあえず開けてみな！」

美嘉は開けようと手を伸ばしたが、かじかんだ手のせいで箱が横に倒れてしまい、中身が飛び出た。

ダンボールの中に入っていたのは……大量の赤いブーツに入ったお菓子と何着ものピンクの子供用手袋。

「これ……」

どんなに奥を探っても出てくるのはお菓子と手袋だけ……。

「あいつ入院したら買いに行けなくなるかもしれないからって、入院する前にまとめ買いしたんだって。自分は六十歳くらいまで生きる予定だからって四十三個も買ってんの。笑えるよね！」

「笑えますね……」

全然笑えないよ。ミナコさんもきっとそう思ってる。

もー、ヒロはなんでこんなにバカなの⁇　バカバカバカバカバカ。

もっと好きになっちゃうじゃん。バーカ。

時間はすでに十一時五十分。

手袋とお菓子を一つずつ持ち、ミナコさんに別れを告げ公園へ向かう。

昨日雨が少し降ったみたいで地面がビチョビチョしている。

はねないようにそーっと歩かなきゃ。

公園の前に着いてポケットから携帯電話を取り出し時間を確認すると、もう零時十五分だ。

今頃ヒロはプレゼントを開けて困惑している事だろう。

美嘉は携帯電話を手に持ったまま、テレビ電話をかけた。

そう、かけたのは今日美嘉が街で契約した携帯電話の番号だ。

病院内は携帯電話使用禁止だけど、今日だけは許してください。

♪プルルルルルル♪

『ガチャ、ピッピッ』

ヒロは着信音に気づき電話には出たものの、あせっていろんなボタンを押してしまっている様子。

『もしも〜しヒロ⁇　聞こえる⁇』

『ピッピッピポッ』

ヒロは相変わらずいろんなボタンを押している。

『ヒ〜ロ〜君⁇』

『……あれ？　もしもし』

『ヒロ〜メリークリスマス♪』

『……美嘉か？　なんでプレゼントに携帯……』

ヒロはテレビ電話だという事に気づいていないみたいで、耳に当てたまま話している。

そのせいで美嘉から見える画面は真っ暗だ。

『ヒロ〜携帯の画面見て‼』

『え？　なんだって？』

『だ〜か〜ら〜、携帯の画面見てよ‼』

ヒロはゆっくりと耳から離し、ようやく美嘉の携帯電話の画面には困惑しているヒロの姿が映った。

『なんだよ、なんで顔が映ってんだ⁉』

ヒロは再び耳にあてながら話し始める。

『ふふ〜テレビ電話だから耳から離しても聞こえるよ‼』

ヒロはやっとテレビ電話のしくみを理解したみたいで、画面には再びヒロの姿が映った。

『やべぇ、俺～状況が理解できねぇ～』

かなり混乱している。ここは落ち着いて説明しなきゃ。

『ヒロは外泊できなくてお参りに来れないから、せめてテレビ電話で生中継すればヒロもお参りした気分になれるかなーなんて考えたの。ヒロが今使ってる携帯電話はテレビ電話の機能がついてないから、今日その機能がついてる機種を契約したわけ!!　つまりヒロが携帯電話のテレビ電話を使って画面越しにお参りできるっていうのが美嘉からのプレゼント！』

無言を続けるヒロ。

たぶんまだ状況を理解していないんだと悟り、美嘉は説明より行動を実行する事にした。

『ヒロ、ここがどこだかわかる??』

カメラで公園全体を映す。

『あ、もしかして公園か？』

『当たり～!!　美嘉は今からお参りするから、ヒロも画面見て公園に来てるつもりになってね!!』

カメラを向けたまま花壇に近づきそこにヒロの家から持ってきたお菓子とピンクの手袋を、

……そして公園に来る前に買った小さい花を供えた。

『ヒロ、お供えしたの見える⁇』

『……おぅ』

『じゃあ一緒にお参りしよう⁇』

目を閉じて手を合わせる美嘉。

電話の向こうでもヒロが手をたたいている音が聞こえる。

離れていても……一緒に公園に来てるみたいだね。

ヒロへのプレゼントのつもりが、自分へのプレゼントになっているよ。

『ヒロ、お参り終わった⁇』

また耳に当てているのか、それともわざとなのかはわからないが画面は真っ暗だ。

『終わった。マジ最高のプレゼントだわ。ありがとな』

ヒロの声はかすかに震えているように聞こえた。

電話を切り公園を出たその時、止まっていた白い車とすれ違った。

いろんな想いが込み上げてくる。

胸が苦しくなる事も、心が優しくなれる事も。

……まだ忘れられない事がいっぱいいっぱいいっぱいあるよ。

でもね、今は過去より……未来を見るんだ。

美嘉は外灯に当たりキラキラときらめく結晶に目を奪われながら、振り返らずにまっすぐ前を見て歩き始めた。

ヒロがまとめ買いした手袋とブーツ、二人が六十歳になるまでずっと一緒にお供えしようね。

今の二人には怖いものなんてない。

「好きだよ」とか「愛してる」なんて言葉を交わさなくてもわかるの。

ヒロが美嘉を必要としてくれてる。

美嘉もヒロを必要としてる事も伝わっているんだ。

あとは目の前に立つ〝癌〟という名の大きな壁。

二人で頑張って乗り越えていこうね。


そして年は明けて……二〇〇五年。

「今年も平凡な一年でありますように。そしてヒロが早く退院できますように。それから〜……」

美嘉はおさい銭をたった十円しか入れてないにもかかわらず、よくばりなお願いをたくさんしたあと、お守りを三つ買った。
自分の分と家族の分、そしてヒロの分。

最終章　恋空

彼の弱音

雪が多く積もる一月中旬。

この日は一生に一回の行事……成人式が行われる。

美嘉は朝早くから着付けと髪のセットとメイクをしてもらっていた。

着物って初めて着たけど胸が締めつけられて息が苦しい。

この日のためにとお母さんが奮発して買ってくれた紺色の着物を着てちょっと和風でおしとやかな女の子を演じてみた。

式は昼過ぎからなので、とりあえずお父さんが運転する車でおじいちゃんとおばあちゃんの家まで連れていってもらい、着物姿のお披露目会。

式の時間が近くなると、そのまま近くの駅に降ろしてもらった。

駅で中学校からの親友であるマナミと待ち合わせしている。

改札口の前にピンク色の可愛い着物を着たマナミを見つけ、地下鉄に乗り、式の会場であるホテルへと向かった。

式はあっという間に終わり、美嘉はマナミに別れを告げて早足で病院へ向かった。

ヒロ、美嘉の着物姿見てなんて言うかなぁ。可愛いって……似合うって言ってくれるかな??

トントン。

手鏡で身だしなみを整えて今日はちゃんとドアをノックする。

この前ノックしないで入ったらヒロのお母さんがいたからね。

「どうぞ〜」

「失礼しま〜す♪」

「おぅ美嘉」

「成人おめでとさん♪」

ハモるように同時に重なった二人の男の声。

「あれ?? ノゾムじゃん!!」

病室にいたのはノゾムだ。二人ともスーツを着ている。

きっとノゾムも式を終えたその足でお見舞いに来たのだろう。

「美嘉、久しぶりだな！」

ノゾムとは去年のクリスマスに公園で会った以来だ。

「うん!! ノゾム久しぶり〜♪♪」

ノゾムにあいさつしながらも、初めて見るヒロのスーツ姿に胸がときめく。

「ほらヒロ～美嘉の着物姿見てどうよ？」

ニヤニヤ笑いながらヒロを冷やかすノゾム。

ヒロは二回ほどせき払いをして美嘉に手招きをしている。

それに従いベッドに近寄ると、ヒロは美嘉の手を強く握りしめた。

「ノゾム～もう俺の美嘉に手出すなよ？」

そしてヒロは美嘉の手をぐいっと引くと、耳元でささやいた。

「おまえマジで着物似合ってるから」

その言葉を聞いてうれしくなった美嘉はすかさず返す。

「ヒロもスーツカッコいいよっ!!」

「うるせー」

ヒロは目をそらし窓を見つめ照れくさそうに微笑んだ。

「あ～あ相変わらず仲良しですこと～♪」

口を曲げてイヤミを言うノゾムに、美嘉は自慢げな顔をしながら舌をペロッと出す。

その光景を見たヒロは、突然ベッドの横にある積み重なったみかんキャラメルの一番上に置いてあった箱を手に取り、キャラメルがまだいくつか入っているのを確認して一粒美嘉に手渡した。

「キャラメル食べたいの⁉」

ヒロは表情を変えずに淡々と答える。

「……食いたくなった」

いつもなら唇に挟んで食べさせてあげてるけど、今日はノゾムがいるからさすがに口移しなんて恥ずかしいだろうと思い、キャラメルを手でつまみながらヒロに食べさせてあげようとするが、ヒロはなかなかキャラメルを食べようとはしない。

仕方なく唇に挟みいつものようにヒロの唇へ運ぶと、ヒロはつないだ手をぎゅっと握りおいしそうにキャラメルをかんでいた。

握った手から伝わってくるヒロの本音と気持ち。

……ヤキモチ、嫉妬。

きっと高校時代に美嘉とノゾムがキスした事をまだ少し根に持っていて、ノゾムにわざと二人の仲良しぶりを見せつけているんだ。

「ってかおまえらなんか結婚式みたいじゃね⁉」

そんな二人を見て突然ノゾムが大声で叫んだ。声が裏返ってるし……なんだか演技くさい。

「え〜そぉ⁇」

ノゾムの言葉の意味をあまり理解する事ができないまま、美嘉はあいまいな返事をする。

ノゾムは何か大発見をしたような顔をして大げさに手をたたいた。

「そーだ！　おまえら結婚式しちゃえば？　ちょうど着物とスーツだし！」

……あぁ、わかった。

ノゾムは二人が着物とスーツ姿だから結婚式の衣装みたいだって言いたかったんだ。

「ヒロ～どぉする⁇　しちゃおうか‼」

ヒロの顔をのぞき込むとヒロは意味ありげに微笑んだ。

「いいんじゃゃねぇ」

「んじゃあさっそくプチ結婚式やろうぜ♪　俺が進行すっから！」

ノゾムの強引さは相変わらず健在だ。

でもこうして三人でいると本当に高校時代に戻ったような懐かしい錯覚におちいってしまう。

「でも用意とかしてないよ～⁇」

「どうにかなるから心配すんなって！」

ノゾムは美嘉の肩をポンとたたいたと同時に、ヒロに目線を向ける。

その瞬間に二人がニヤリと笑ったのを美嘉は見逃さなかった。

ノゾムの進行で、急きょプチ結婚式が開かれることになった。

ヒロはベッドに座ったままで、美嘉はベッドの横にあるイスに腰をかけてお互い両手を強く握り合う。

窓の外からは車の音や歩いている人の声がかすかに聞こえる。

ノゾムは何回かせき払いをし、ネクタイを右手で整えながら口を開いた。

「え〜桜井《さくらい》弘樹さん。あなたは田原《たはら》美嘉さんを一生愛していく事を誓いますか〜？」

ヒロの顔を見ると、下を向いて照れくさそうな顔をしている。

「誓います」

「じゃあ〜田原美嘉さん。あなたは桜井弘樹さんを一生愛していく事を誓いますか？」

その答え。

その答えは決まっている。迷いはない。

「……誓います!!」

美嘉は病室に響く元気な声で答えた。

「じゃあ誓いのキスをしてくださ〜い♪」

その言葉に二人は顔を見合わせ、そして一瞬、唇が触れるか触れないかくらいの軽いキスをした。

そのままおでこをくっつけながらお互い小さな声で誓い合う……。

〝これからもずーっと一緒だよ。よろしくね〟

そしてまたノゾムの進行を待った。

「じゃあ次は指輪交換してくださ～い♪」

ノゾムの言葉にキョトンとする美嘉。

指輪交換?? 指輪なんて持ってないし……どうすればいいんだろう。

「美嘉、左手出せ」

ヒロの声で美嘉の思考は停止。

言われるがままに左手を差し出す。

するとヒロは美嘉の左手の薬指にするりと指輪をはめた。

そう、それは高校一年生のクリスマスの日にヒロがプレゼントしてくれた……ペアリング。

ヒロの左手の薬指にもいつの間にか同じ指輪がはめられている。

「俺が退院したら籍入れような！」

「え?? この指輪……」

ヒロは美嘉の言葉をさえぎる。

「返事は？」

美嘉は左手の薬指についた指輪をまじまじと見つめた。

「……うん!!」

ノゾムが指先を口に当て、ピーピーと高い音を鳴らす。

「よっ、ご両人♪　本当の式には呼べよ！」

この指輪……卒業式の日に美嘉がヒロに返してからずっと持っててくれてたの⁇

またこの指輪をする事ができるんだね。

退院したら籍入れて……一生一緒にいられるんだね。

「ノゾム、これ頼んでいいか？」

ヒロはベッドの横にある引き出しの中から、前に美嘉が買ったインスタントカメラを取り出しノゾムに手渡した。

「おう、あったり前だぜ♪」

ノゾムはそれを受け取りカメラを二人に向ける。

美嘉とヒロは指輪が見えるように、左手を顔の横に出しポーズをとったがノゾムはレンズをのぞきながらもなかなか撮る気配を見せない。

いったん左手を下ろすとノゾムはレンズからゆっくり目を離した。

「高校の時に俺が言ってたやつ覚えてる？」

高校の時にノゾムが言ってた事……⁇　なんだろう。

「え〜わかんないっ‼　ヒロわかる⁇」

「なんとなくな！」

「ま、いーや。たぶん聞けばわかるから！　じゃあ撮るぞ～♪」

そしてノゾムは再びカメラを二人に向けると、シャッターに指を当てながら言った。

「この先、何があってもずっと～？」

……高校二年の学校祭で美嘉とヒロとノゾムとアヤがカメラマンに写真を撮ってもらった時、ノゾムが決めたあの言葉。

あの言葉。

「「だ～い好き！」」

二人が声をそろえた瞬間、パシャという音とともにフラッシュが光った。

「おまえらよく覚えてんなぁ～！」

ノゾムが感心した表情でレンズから目を離す。

「記憶力いいからね～余裕だも～ん♪」

撮られる直前まで思い出せなかったくせに、偉そうな美嘉。

「ノゾム、ありがとな」

ヒロがノゾムに深々と頭を下げている。高校時代なら信じられない光景だ。

「みずくせぇ～よ！　気にすんなって！」

ノゾムは困ったように頭をかきながらヒロにカメラを返した。

「ノゾム本当にありがとねっ!!」

美嘉もヒロに続けてノゾムに深々と頭を下げる。

「じゃあ俺は帰るからな。仲良くしろよ！」

ノゾムはそう言い残し、さっさと病室を出ていってしまった。

「あらぁ～ノゾム帰っちゃったね!!」

「あいつシャイだからな。シャイボーイだわ」

「でもさ、ノゾムってキューピッドだよね!! あの日ノゾムがヒロの家から電話かけてこなかったらヒロと仲良くなってなかったし!!」

「そうだな。あいつには感謝だな」

美嘉はベッドの上に置かれたインスタントカメラを手に取り、カメラの残り枚数を見た。

この前まで残り二十六枚あったのが、なぜか二十枚まで減っている。

さっきノゾムは一枚しか撮ってなかったし……。

不思議に思いカメラを見つめているとヒロはそのカメラを強引に奪い、棚にしまってしまった。

「ねーねーカメラの残り枚数さぁ……」

疑問を口に出そうとしたその時、ヒロは美嘉の言葉をわざとさえぎるようにして話し始めた。

「実は今日プチ結婚式やんのノゾムと計画してたんだよな！」

疑問は消え、今度はヒロの言った言葉を理解しようと励む。

「計画って⁇」

「昨日メールで連絡取り合って計画立ててたんだわ！」

さっきヒロとノゾムが目を合わせてニヤリと笑った理由。

……なるほど、今になってわかったよ。

「あ〜なんか二人とも怪しかったもん‼」

「マジ？　でもこーゆー機会じゃねぇと、俺スーツ着れねぇからさ」

病室が沈黙に包まれた時、美嘉の頭の中ではカメラの残り枚数が減っていたという疑問がよみがえった。

でもヒロがあせったようにカメラを棚に隠し、わざとらしく話をそらした事を考えると聞かない方がいいような気がして……まぁ、残り枚数なんてそんなに重大な事でもないか。

現像したらわかる事だし今は問いたださないでおこう。

美嘉はヒロのひざに頭を乗せ、甘えたように頭をゴロゴロ移動させた。

「ねぇヒロ〜覚えてる⁇」

「ん？　何がだ？」

「昔さぁ〜ヒロが〝いつか写真を見ながらこの時も楽しかったけど今はこの時よりもっと幸せだね〜って言えたらいいね〟って言ってたじゃん?? 覚えてる??」

「おー」

「ヒロが今持ってるカメラを現像して写真が出来たら、その写真見て〝この時も楽しかったけど今のほうが幸せだね〟って言おうねっ♪♪」

〝言おうな!〟……期待していたヒロからの返事はなかった。

ヒロはただセットされた髪形を崩さないよう、美嘉の髪を何度も何度も優しくなでてくれた。

この時初めて、いつもとは違う不安が美嘉の心の奥に生まれたんだ。

「じゃあまた明日ね〜っ!! ちゃんと寝てるんだよ!!」

美嘉は時間が経《た》ち着崩れしてしまった着物を手で押さえながら病院を出た。

ぼんやりした夕暮れの空に手をかざす。

ヒロからもらったペアリングに夕日が当たり、目をそらしてしまいそうなくらいに輝いている。

ヒロと別れた後、唯一のつながりはこの指輪だった。

ＰＨＳから携帯電話に変えて連絡が取れなくなり、お互い新しい相手が出来て会う事もなくなって……制服のポケットに入った指輪だけが、ヒロとつながっていたの。

卒業式に指輪をヒロに返した時、本当にもう終わったんだと思った。

もうヒロと会う事もないんだなぁ……って。

でもね、その指輪が、今、薬指で光ってるの。

もうポケットの中じゃない。薬指で光ってるんだよ。

運命ってあるのかもしれないね。

大切だったあの人を傷つけてしまったけれど……。

神様は意地悪ばっかりする。

だけどこんな美嘉にもたまには味方をしてくれているのかもしれない。

〝退院したら籍入れような！〟

ヒロの言葉が、成人式を終えて少しだけ大人になった美嘉の未来をまぶしく照らしてくれた。


まだ冷たさが残る生ぬるい風が、雪解けの下にある土のにおいを運ぶ。

冬眠していた虫や動物がピョコッと顔を出す。

春……。

二年生最後のテストをみごとにクリアし、美嘉は大学三年生になった。

ケンちゃんは残念ながら留年してしまい、もう一年間大学に通わなければならないらしい。

そして優……。

優、元気ですか⁇　今あなたは笑っていますか⁇

無事に卒業してから資格を取得して、夢だった保育士になったと風のうわさで聞きました。

こっちで保育士になったのか、地元に帰ってなったのかはわからない。

誰かに聞けばすぐにわかる事なんだけど、あえて聞かないよ。

どっちにしろ優の夢が叶《かな》った。それがすごくうれしかったんだ。

優ならいい保育士になれるよ、絶対‼

……応援してるからね。

授業がないからお見舞いだけの毎日だったが、美嘉は充実感でいっぱいだった。

大学の学食も恋しくなってきた六月。

朝早くにヤマトから届いた呼び出しのメール。

《大学正門前に集合》

本当は昼から病院だったが、みんなに会うのは久しぶりだから大学に行く事にした。

そして正門前……いるのはイズミたった一人だけ。

二人はまるで遠距離恋愛をしている恋人が再会したかのように抱き合った。

短かった髪を伸ばしスカートを履いちゃったりなんかしているイズミ。

さては……美嘉はある事に確信を持ち、ニヤニヤしながらイズミに問う。

「イズミ、もしかしてシンタロウとヤっちゃっ……」

イズミは美嘉の口を手で押さえ、辺りをキョロキョロと見回し誰もいない事を確認するとそっと耳打ちした。

「えへへ、当たり……♪」

イズミに抱きつき、ぴょんぴょんと跳びはねて大声で叫ぶ美嘉。

「イズミ～やったじゃ～ん!! ついにあのシンタロウと!!」

「し～っ！ あんまり大声で言ったらダメ～！」

イズミは人差し指を唇に当て、怒ったそぶりを見せながらも、どことなくうれしそうな顔をしていた。

「おまえらは相変わらず騒がしいな～すぐわかるわ」

くわえタバコをしてポケットに手を入れながらがに股で歩いてくるヤマト。

その後ろには片手に大きな白い紙袋を持ち、空いてるもう片手を挙げているシンタロウがいる。

アヤはいないけど、久しぶりのメンバーに心が休まる。

「ヤマト、シンタロウめっちゃ久しぶり～♪♪」

「かなり久しぶりだな」

「おう、久しぶりだぜぃ！　あっち行くぞ～」

親指を立て学食の方向に指を向けるヤマトに従い、四人は連なって学食に向かい歩き出した。

席に着いた四人の間にはなぜか沈黙が続いている。

ヤマトがタバコの煙を吐き出す音だけがむなしく響き渡る。

集まるのが久しぶりだから、みんな緊張してしまっているのだろう。

……美嘉もその一人だ。

「シンタロウ例の物……」

沈黙の中イズミがシンタロウに向かって意味深な言葉を発した。

視線をシンタロウに向けるとシンタロウは持っていた大きな紙袋の中から色とりどりの何かを取り出し、テーブルの上に広げた。

出てきたのは、折り紙で作られた、たくさんの鶴。

赤や黄色や青や紫。そして金や銀の折り紙で作られた……鶴。

「これ美嘉の彼氏に渡して」

シンタロウが美嘉の方に折り鶴を寄せる。

「まぁ千羽じゃないんだけどね！　千羽もあったら邪魔かな～と思って九十九羽《わ》にした♪」

肩を上げながら誇らしげに言うイズミ。

ヤマトは何も言わずにタバコをくわえたままだ。

「え、鶴折ってくれたの……⁉」

美嘉は目を見開き、鶴を凝視しながら問うと、ヤマトはタバコの灰を灰皿にポンッと落としながらつぶやいた。

「美嘉の彼氏が早く元気になれるよーに、三人で願い込めて折ったからな」

イズミもシンタロウもヤマトも、忙しいのに鶴折ってくれたんだ。ヒロのために、ヒロが早く元気になるように……鶴を折ってくれたんだ。

友情がばらばらになるかもって寂しく感じてたりしていた。

……でも心配しなくても大丈夫だったんだね。

「鶴折ろうって提案したのヤマトなんだよ～♪」

イズミがうれしそうにヤマトを指差す。

ヤマトはタバコを灰皿に強く押しつけて、怒ったような表情をした。

「それ言うなってあれほど言っただろ！　ありえねぇ～マジそれ反則」

怒りの表情の中に照れくささが隠れ見える。

「うぅ……ありがと……」

感動のあまり熱いものが込み上げる。涙が出そう。

「泣いたら鶴没収だからな？」

意地悪なシンタロウの言葉。

それを聞いて美嘉は即座に上を向き、まばたきをしないよう必死でこらえた。

まばたきをすると涙があふれてしまいそうだったから。

隣でバシッとたたかれた音が響く。

きっと美嘉が上を向いている間に、シンタロウがイズミに怒られたのだろう。

まばたきをした瞬間、涙がぽろぽろと流れ、赤い鶴の上に落ちた。

涙でみんなの顔がぼやけて見える。

「そーいえばこれ……」

ヤマトが数枚の折り紙をカバンから取り出し、美嘉に差し出した。

「これって折り紙だよね⁇」

「美嘉が折った鶴もこの鶴の中に交ぜたら、彼氏も早く元気になれるんじゃん？　わざと九十九羽しか折らなかった。残りの一羽は美嘉に折ってもらおうと思ったから」

二本目のタバコに火をつけながら早口に話すヤマト。

美嘉は紫の折り紙を一枚手に取り、そして鶴を折り始めた。

完成した鶴をイズミとシンタロウとヤマトが作ってくれた九十九羽の中につなげる。

「絶対元気になる!!　本当にありがとうっ!!」

三人は顔を見合わし、安心したように微笑んだ。

「今はつらいかもしれないけど頑張るんだよ！　私も美嘉の彼氏が元気になるように心から祈ってるからね♪」

そう言ってティッシュを差し出すイズミ。

「彼氏が元気になったらみんなで遊ぼうぜ」

「そーだそーだ、俺らに紹介しろよ！」

シンタロウとヤマトが声を合わせて……そう言った。

ねぇ、ヒロ。

こんなにたくさんの人達がね、ヒロが元気になってくれる事を祈っているんだよ。

だから早く元気になってね。

それで美嘉の大好きな友達に自慢の彼氏だって紹介させてね。

ヤマトとシンタロウは授業があると言って早めに解散した。

二人っきりになった美嘉とイズミは女同士の語り合いを始めた。

「ねーねー美嘉って編み物とかした事ある？」

「編み物⁇ した事ない‼ 不器用ですから……」

「私ね、今、編み物やってるんだよね♪ 冬になったらシンタロウにあげようと思って内緒でセーター編んでる！ 美嘉も彼氏に何か編んでみたら⁉」

「う〜ん……でもできるかなぁ」

「大丈夫だって！ はい決まり〜編み方なら教えてあげるから♪ 美嘉は彼氏に何編んであげたい？ 私が教えられるのはセーターと手袋と帽子と……」

「……帽子！ 帽子がいい‼」

美嘉はイズミの言葉をさえぎり大声で叫んだ。

「OK〜帽子ね♪ じゃあさっそく毛糸買いに行こう〜！」

二人は学食を出てイズミがよく行ってるという毛糸屋に向かう。

一時間弱選んだ結果、選んだのは黒と白の毛糸。

再び学食に戻り、帽子の編み方を事細かに教えてもらった。

「こんな感じだよ〜なんとなくわかったかな⁉ わからなくなったらいつでも教えるからね！」

「うん、イズミありがとう。折り鶴も本当にありがとうね‼」

イズミと別れ病院に向かう途中歩きながら、さっきイズミから教えてもらった帽子の編み方を頭の中で必死で復習する。

友達の大切さに改めて気づき、美嘉は満足げな笑みを浮かべた。

トントン。

病院に着きドアをノックしたが、返事がないのでドアを開けると、病室内はスースーとヒロの小さい寝息が響いている。

「寝てるのかぁ……」

美嘉は肩をガックリ落とし、ヒロを起こさないように紙袋から百羽の折り鶴を取り出してベッドの横に吊《つ》り下《さ》げた。

寝息をたてながらかすかに揺れているヒロの体。

揺れている体が生きている事を証明している。

かぶっている茶色いニットの帽子は、毎日かぶっているせいか少し毛糸がほつれてしまっている。

「冬までに頑張って帽子編むからね!! 楽しみにしててね!!」

指でほっぺをツンツンと突く。

「……う〜ん」

ヒロはうなりながらゴロンと寝返りを打って窓の方を向いてしまった。

ベッドの横にはみかんキャラメルのゴミがたくさん散らばっている。

みかんキャラメルを食べると美嘉から元気がもらえる気がするって言ってたから、今日は元気なかったのかなぁ??

目覚めてベッドの横にある折り鶴見つけたらきっと驚くよね。

美嘉はカバンに入っていたノートを破き、手紙を書いた。

【気持ち良さそうに寝てるから今日は帰るね。今日は来るの遅くなっちゃってごめんね!!　明日また来るねっ☆　PS：鶴は美嘉の友達がヒロが早く元気になれるように作ってくれたの!!】

手紙を折り鶴と一緒にベッドの横に置き、おでこに軽いキスをして病室を出た。

それから編み棒を買い、冬に向けて帽子を編み始めた。

この帽子が完成する頃にはヒロが元気になって退院している事を祈って……一編み一編みに願いを込める。

いつの間にか大好きだった夏も終わり、落ち葉がカサカサと地面を舞う季節。

……秋。

トンボが空を飛び、青々としていた木々もほんのりオレンジ色に染まり……オレンジ色に染まった木々が夕日と重なり、絵葉書のようなきれいで切なくなってしまう風景を毎日のように見る事ができる。

まだ夏が終わったばかりなのに、吹き抜ける風はなぜか少しだけ冬を思わせるにおいで……。

その風は無情にも止まらずにどんどん流れていく時間が、冬になるのをせかしているようにさえ思えた。

帽子が三分の一ほど完成した九月中旬。

うれしいお知らせ。なんとヒロに三日間の外泊許可が出たのだ。

一日目と二日目はゆっくり家族と家で過ごしてもらい、三日目は一緒に過ごす時間を作ってもらう事ができた。

朝早く作った弁当を持ち、美嘉は期待に満ちた顔で走ってヒロの家へ向かった。

今日は待ちに待ったヒロの外泊三日目。二日間、家でゆっくり過ごせたかなぁ。

お母さんの手作り料理たくさん食べたかなぁ。具合悪くなってないかなぁ。

……心配。

ヒロと病院以外で会うのは高校の時以来だ。

ヒロ、久しぶりの外泊うれしいだろうな。ずっとずっと……病室にいたもん。

毎日毎日……病室の薄暗いライトばっかり見てたもんね。

ピンポーン。

ドアの向こうからドタドタと走ってくる音が聞こえる。そしてゆっくりドアが開いた。

そこには元気なヒロの姿がある。

「ヒロ～外泊おめでとうっ!!」

「おぅ、ありがとな！」

病院ではいつもパジャマだからヒロの私服姿を見るのは久しぶりだ。

ヒロは癌だとは思えないほど元気で、それはこのまま退院してもいいんじゃないかってくらいに……。

このまま退院できたら……どれだけうれしいだろうな。

「おじゃましま～す♪」

靴を脱いで玄関に上がろうとしたが、ヒロは上着を羽織りながら美嘉を引き止めた。

「今日は行きてぇ場所があっから、付き合ってもらうわ！」

美嘉は片足だけを玄関に上げたまま、靴を履こうとするヒロの上着をつかんで必要以上に大げさな声で叫ぶ。

「ダメ!!　家で安静にしてないとダメっ!!」

美嘉の頭に手を乗せて微笑むヒロ……余裕の笑みを浮かべている。

「どうしても行きてぇんだよ」

「でも……」

「俺、強いから心配すんなって！」

ヒロは美嘉の返事を聞こうとせずに、強引に玄関の外へと引っ張った。


連れていかれたのは自転車置き場。

この黒い自転車……高校の時によく二人で乗ってたよね。美嘉の特等席だった。

ヒロに持ち上げられ後ろ座席に乗る。

「乗れ。飛ばすからしっかりつかまってろよ！」

初めてこの自転車に乗った時と同じセリフ。変わらない優しさ。

ヒロの背中に……あの頃よりも細くなってしまった背中にしがみついた。

冷たい風。でもヒロの体温が寒さを消し去ってくれる。

ぎこちない自転車の音が時間を過去へと引き戻そうとしていた。

「ねーねーどこ行くの～??」

美嘉は風の音と周りの雑音に負けないくらいの大声で問う。

「ら～……った～……」

答えは、ちょうど通りかかった工事現場のショベルカーの音によってあっさりとかき消されてしまった。

「え!?　聞こえなかった～!!　もう一回!!」

「だから～俺らが出会った場所！」

二人が出会った場所……それは学校。


自転車は予想通り学校の駐輪場へと到着した。

ヒロが差し出してくれた手をつかみ、自転車から降りる。

その手をつないだまま学校の昇降口へと歩き始めた。

「大丈夫かな??　怒られないかな??」

「怒られたらそん時はそん時だ！」

美嘉の心配をよそに、ヒロは落ち着いた様子で昇降口のドアを開けた。

鍵はどうやら開いているみたいだ。体育館で部活動をやっているからだろう。

あの頃と変わらない校舎。

古くさい懐かしい香りが……いろんな想いを次々とよみがえらせる。

この校舎で三年間過ごし、いろいろな経験をしたお陰で今の自分がここにいる。

そして今もこの校舎で大人になっている人がたくさんいて、それがこれからも、繰り返し繰り返し続いていくのかと思うと……不思議な感じだ。

靴下のままそーっと忍び足で廊下を歩く。

ギシギシ鈍い音が鳴る廊下。

小さな物音にびくびくしながら階段を上がり、たどり着いた場所は……図書室の前だ。

図書室に行こうと話し合ったわけではない。

二人の足はいつの間にかここに向かっていたんだ。

まるで何かに導かれるかのように……。

「いっせーので……で二人で開けよっか⁇」

「だな。いっせーのーで……」

ガラガラ。

うるさいドアの音はあの頃と変わらず校舎の古さを意味している。

図書室は本の独特な香りがして、窓の外から見えるグラウンドは閑散としていて寂しく砂ボコリが舞っていた。

「三年ぶりくらいかなぁ～⁇　懐かしいね‼」

はしゃぎながら図書室を走り回る美嘉の姿を、ヒロは優しい目で見つめていた。

その時、偶然目に入ったのは太陽に反射してピカッと光った黒板。

そこに白いチョークで書かれた小さい文字。

【君は幸せでしたか？】

【とても幸せでした。】

薄くなっている。でも確かに残っている。

図書室の黒板はあまり使う機会がないから、ただ消し忘れているだけかもしれない。

でもね、三年の時を経て……今こうして二人の元に届いたよ。

これは長い間離れ離れになっていた二人へのメッセージなのかもしれないね。

このメッセージは三年の間で、どれだけの出会いや別れを見てきたのかな⁇

唯一、二人をつないでいた指輪を返した卒業式、もうつながりはなくなってしまったと思っていた。だけど……こんなところでもつながっていたんだ。

ヒロもこのメッセージが今もまだ残っていた事にきっと気づいているだろう。だけどお互いがそれについて触れる事はない。

なんとなく……触れる事ができなかった。

すれ違っていても二人の気持ちはつながってたんだ。


キーンコーンカーンコーン。

突然鳴るチャイムの音に思い出そうとしていた記憶達が一瞬にして消えてしまった。

ヒロはまるで何かきっかけを待っていたかのように、チャイムが鳴り終わると同時に口を開いた。

「ここでいろいろあったよな」

寂しいようにも悲しいようにも見えるヒロの横顔から目が離せない。

美嘉は窓の外をまっすぐ見るヒロの横顔を見つめながら答えた。

「うん、いろいろあったね……」

「ここで俺が美嘉に告ったんだよな」

「うん!!」

「ケンカした事もあったよな!」

遠い目で窓の外を見つめるヒロがどこかに消えてしまいそうで……美嘉はヒロの腕を強くつかんだ。

ヒロは遠くに目を向けたまま何かを思い返すように話し続ける。

「ここで一つになったよな。それで……」

〝それで赤ちゃんデキたよね〟

ヒロはその言葉をのみ込んだ。

しんみりとした雰囲気を変えようと美嘉はわざと明るく振る舞う。

「……次赤ちゃんデキたら頑張って産もうね!!」

ヒロは何も答えず、優しく微笑みながら美嘉の髪をそっとなでた。

最近、美嘉の質問をはぐらかして答えてくれない事が多いよね。

〝そうだな〟

って、一言だけでも言ってくれたら……安心できるのに。

心の奥に生まれる不安は増すばかり。

美嘉はつかんでいた腕を離しヒロに強く抱きついた。

「ヒロ、また突然いなくなったりしないよね……??」

ヒロの顔を見る事ができない。

……困ってる?? こんな質問迷惑かな??

でもね、安心が欲しいの。

もう離れないって……ずっとずっとそばにいてくれるって証拠が欲しい。

言葉が欲しい。それがたとえ嘘だとしてもそれでもいい。

叶わなくても……今すぐ言葉が欲しいんだ。

ヒロは美嘉の体をゆっくり離すと前髪をかき分け、あらわになったおでこを指で軽く弾き、再びきつく抱き寄せた。

「バーカ。おめぇみてーな甘えん坊で泣き虫で寂しがりやな女、俺じゃねぇと付き合えねーよ！」

ぶっきらぼうで乱暴で意地悪な言い方だけど、でも、安心をくれている。

〝離れないよ〟って……言葉と鼓動で伝わったよ……。

「あれ？ 言い返さねぇの？ つまんねーな！」

こんな言葉も、今はただの照れ隠しだって事ぐらいわかってる。

「あっかんべー!!」

ヒロに向けて舌を出すとヒロは子供のようなあどけない顔で笑っていた。

図書室のにおいを忘れないようにと大きく深呼吸をした時、一瞬、風とともにかすかに運ばれたあの香り。

美嘉がクリスマスにヒロにプレゼントした、スカルプチャーの香水。

「ヒロさぁ、もしかして香水つけてる!?」

興奮したように胸に顔を埋めながら聞くと、ヒロはげんこつで美嘉の頭をコツンとたたいた。

「ってか気づくの遅えし!」

この香り、そしてこの場所。これはまさに高校時代そのもの。

……胸が痛い。なのになぜか、温かい。

再び過去の想いにふけり始める。

「もう出るぞ!」

ヒロの現実じみた言葉にあいまいな想いを巡らせたまま二人は図書室を出た。

「この廊下で手つないで歩いたよなー」

廊下を歩きながらしみじみとつぶやくヒロ。

途中、美嘉が二・三年生を過ごした教室に顔をのぞかせた。

「ここでよくノゾムとかみんなで集まってたよな。楽しかったな」

一つ一つをゆっくり思い出し、二人は校舎全体をぐるぐると回った。

美嘉はね、この校舎でヒロとの楽しかった日々をたくさん思い出す事ができるよ。

つらい事も……数えきれないくらいたくさんあった。

ヒロに新しく彼女ができた時とか、すごくすごく苦しかったよ。

そーゆー思い出もこの校舎には確かにある。

でもね、その時ヒロがどんな気持ちだったのかと思うと胸が締めつけられる想いでいっぱいなんだ。

「ごめんね……」

美嘉の口からは言葉が自然と出ていた。

「なんで謝んの？」

「べ……別にぃ〜!!」

唇をとがらせ、おどけたように言う美嘉。

ヒロは何かを感じ取ったみたいだった。

「意味わかんねぇし！　……俺もごめんな」

「え!!　ヒロはなんで謝ってるの〜??」

さっきヒロが美嘉に聞いた事とまったく同じ事を聞き返すと、ヒロは美嘉のマネをして唇をとがらせながらおどけたように答える。

「別になんでもねぇよ！」

二人は大声で笑い合い駐輪場へ向かい、再び自転車に乗って走り出した。

自転車に乗り校舎を後にした二人の後ろ姿は、現在と過去の影が重なりよりいっそう輝きを増していたんだ……。


もう家に帰るのかと思っていたのに、自転車は家とは反対の道へ進む。

「ねぇ～またどっか行くの⁇」

声が届くように叫ぶと、ヒロは自転車をこいでいるのにもかかわらず後ろを振り向きながら答えた。

「さっき行ったのは俺らが出会った場所。じゃあ次は？　わかるだろ」

「あ～危ない‼　ちゃんと前見て運転して‼」

「おう～！」

ヒロが後ろを向いた事が気になってあまり答えを聞いていなかったけど、なんとなく所々の単語だけは覚えている。

確かさっき行ったのは出会った場所だから次は……みたいな事言ってたよね⁇

さっき行ったのは出会った場所。つまり学校。

じゃあ次は別れた場所？　つまり川原かな⁇


予想はみごとに的中。二人が乗った自転車は川原へと到着した。

咲いていた花はもうほとんど枯れてしまっているが、何本かはかろうじて残っている。

チョロチョロと流れる川のせせらぎが昔と変わらず心を癒してくれた。

「降りようぜ」

手を引かれながら坂道を降り草の上に座る二人。

風は強いけど今日の天気は快晴。日差しの強さに上を向く事ができないくらいだ。

「ヒロ寒くない？　大丈夫⁇」

ヒロの顔をのぞき込むと、ヒロは後ろに回り美嘉の体に手を回した。

「大丈夫。こうすれば寒くねーよ！」

ヒロの体が美嘉の体を包んでくれて温かい。上着よりもカイロよりも……一番温かい。

昔見た夢。

暗闇の中から美嘉を明るい所まで導いてくれた大きな手は……ヒロだったのかな。

美嘉は手作り弁当を袋から取り出し、弁当箱をパカッと開ける。

自転車で揺れてしまったせいか、おかずが左側に寄ってしまっている。

美嘉はその中から卵焼きを箸でつまみ、ヒロの口の中に運んだ。

「どう？　どう⁇」

「うめぇ！　生きてて良かった〜って感じだわ」

「あはは!!　大げさすぎるし!!」

ミニトマトを自分の口に運ぼうと箸でつまんだ時、ヒロがせき払いをして何かを話し始めようとしているみたいだったので、美嘉は耳を傾けた。

「早く雪降んねぇかな」

「雪⁇」

「ここに雪降ったらどんな景色になるか見てみてぇ」

美嘉は冬に一度ここに来た事がある。

優とヒロを選ばなきゃならない時……一人でここに来た。

冬の川原はね、花は咲かないし川の水も凍って流れたり流れなかったりして……不安になるの。春とか夏とか秋の方がずっとずっときれいなんだよ。

……でもね、言わない。

別れてからここに来たのを知られたくない。

それにあの時は一人だったから……。

ヒロと二人で見ればきれいだって思えるかもしれないから。

「じゃあ～雪が降ったらまたここに二人で来よう⁇」

またいつものように返事をにごされてしまうだろう。

でもきっとヒロはこの言葉が欲しくてそう言ったんだと思うんだ。

「そうだな。二人で来ような！」

ヒロの答えは意外にも素直だった。

……またヒロとここに来る事ができるんだ。

何度願っただろう。何度夢見ただろう。

安心して再びプチトマトを箸でつまんだその時……。

ヒロが後ろから抱きしめる手の力を強めた。

その瞬間プチトマトが箸から落ち、コロコロと地面を転がりポチャンと音をたてて川の水とともに流されていく。

「ヒ……ロ⁇」

何も答えず、ただただ抱きしめる力を強めるヒロ。

様子がおかしい。心なしかヒロの体が震えている。

「俺、まだ死にたくねぇよ……」

か細いヒロの声に頭の中が真っ白になる。

言葉が理解できない。理解したくない。

「え……」

「もっと美嘉と一緒に過ごして、これからもずっと……いろんな事して笑って生きてぇよ……」

「ヒロ……」

「赤ちゃんと三人で手つないで……そんでまたここに来てぇんだよ。ただそれだけなのになんで……」

強く抱き合ったその体からはヒロの気持ちがひしひしと伝わってくる。

痛いくらいに……伝わっているよ。

〝死にたくない〟〝死にたくない〟〝死にたくない〟

頭の中は、なんか固い物で殴られたような……そんな感覚。

癌。癌。癌。

心に封印していた言葉が一気に飛び出す。

本当は不安で、毎日毎日不安で……でも平気なフリをしていた。

美嘉が不安を見せたらヒロはもっと不安になってしまう。

ヒロが元気だったから、ヒロがこんなに苦しんでるとは思わなかったから……だから今まで平気なフリをした自分を保ってこれた。

重い現実が二人の目の前を横切る。

癌……と言う名の悪魔が、今二人の間に現実として襲いかかってきていた。

心情とは正反対に、川はチョロチョロと優しい音をたてて流れている。

ヒロの弱音を聞いたのは……今日が初めてだった。

本当はずっと不安で心細くて、寂しかったんだね。

だってヒロはすごい相手と闘ってるもん。ずっと闘ってきたもん。

いくらケンカが強くて負けた事のないヒロだからって、こんな強い相手と闘ってたら弱音も吐きたくなるよ……。

ずっと我慢して偉かったね。偉かったね。

「ねぇヒロ……」

美嘉が後ろを振り向こうとするとヒロは強い口調で言った。

「こっち見んな」

ヒロの言葉に従い、まっすぐ前を向いて川の流れを目で追う。

「ヒロは死なない……死んだりしない……死なせない。生きる……絶対に……」

ヒロは何も答えず、ただただ美嘉の体を強く抱きしめた。

抱きしめられているはずなのに、ヒロが遠くに感じる。

ヒロの目から流れ出る雫が、卵焼きの上にぽつぽつと落ちた。

抱きしめる腕があまりに細くて……今ヒロが闘っている病気の恐ろしさを、この時改めて実感したんだ。
卵焼きを指でつまみ、口へと運ぶ美嘉。
あれ⁇　なんでだろ、しょっぱい。
あぁ、ヒロの涙か。ヒロが頑張ってる証。
ヒロが生きたいって強く想ってる証。
美嘉は泣かない。
ヒロがいつか死ぬかもしれないという現実を認めたくないから。
美嘉が泣いたらヒロはもっと不安になるから。だから泣かない。
頑張るよ。
頑張るから、ヒロも頑張ろう。
「ヒロ……チュウして⁇」
ヒロは美嘉のあごを指でぐいっと上げわざと小さな音を鳴らすようにキスをした。
「もっともっとたくさんして⁇」
今は何も考えずただただお互いを求め合いたいんだ。
それは逃げかもしれない。
今日が終わればちゃんと先の事を考えるから、
……今だけは何もかも忘れて愛し合いたいの。

二人は何度もキスをした。

ヒロの唇は温かくて……優しくて……。

二人は無我夢中で唇を重ね合わせた。

ヒロの手が背中をさする。背中を行ったり来たりしている。

「我慢しないで……」

ヒロの動きは一瞬ピタリと止まり、そして唇をかみしめた。

「できねぇよ。だって俺……」

何を言いたいのかわかってる。だけど今は聞かない。

「ヒロが退院するまでできないの⁇ ……そんなの嫌だよっ‼」

退院……この言葉は今の二人にとって大きな希望。

今ヒロは、〝死〟か〝退院〟どっちも隣り合わせの状態だから……わざとヒロの心が楽になる言い方をしたんだ。

困ったような、でも安堵《あんど》の表情を見せるヒロ。

「だから、ね。我慢しなくていいの……」

二人は再び唇を重ね合わせた。

こんなに不安なのに……こんなに苦しいはずなのに……。

体も心も何もかもがヒロを求めている。

「美嘉、愛してる」

「ヒロ、愛してる……」

初めて言われた。

初めて言った。

愛してるって言葉。

こんなに優しくてこんなに愛しい響きだったんだね。

そして二人は一つになった。

二人が別れたこの川原で……一つになった。つながった。

なんか変な感じだね。

ヒロはきっと笑うかもしれない。

だから言わないけど、愛してるって言われて、愛してるって言って一つになった瞬間ね……幸せすぎて涙が出たんだよ。図書室の時と同じだね。

涙でぼやけた視界の奥でね、赤ちゃんが笑ってこっち見てたんだ。

草むらにゴロンと横になり、二人は手をつないで空を見ていた。

水色の空にもくもくと流れる白い雲。

さっきまでまぶしく照りつけていた太陽は、雲で隠れてしまってる。

川原で別れた日も、こんな空だったよね。
ヒロの顔を見ると、目を閉じて寝てしまっているみたいだった。
その時……ヒロの目から流れた一粒の涙。
悪い夢を見ているのかもしれない。
それとも……今何かを考えているのかな。
流れた涙はたった一粒だけ。それ以上流れる事はなかった。

神様。
ねぇ、神様。
ヒロをまだ連れていかないでください。
美嘉にどんなつらい試練を与えてもいいから、ヒロを連れていかないでください。
美嘉はね、一人じゃ生きていけないよ。
ヒロがいないとダメなの。
だから……もし〝奇跡〟が存在するのなら今すぐ起こしてください。
なんでヒロなの……？　なんでヒロがこんなに苦しむの……⁇
ヒロを助けて。ヒロを苦しめないで。
ヒロを助けて。ねぇ、お願い……。

神様……神様……。

自然と流れる涙を必死でぬぐいながら美嘉は声を押し殺して泣いた。

「よし、そろそろ病院戻っかな～。薄暗くなってきたしな！」

寝ているると思っていたヒロが目を開け、突然体をむくっと起こして立ち上がった。

「……そうだね!!」

必死で涙をふき、何事もないようにその場を立ち上がる美嘉。

ヒロは美嘉のお尻についた草を手で払った。

「今日からまた病院か～早く治すから冬にまた来ような！」

「……うん、約束ね!!」

いつもの強いヒロに戻ってる。

ヒロの弱音を聞いたのはこの日が最初で最後だった。

もっともっとヒロと過ごしたい。いろんな場所に行きたい。

でもそれはヒロが元気になるまで我慢だね。

「ってかおまえチビだな～身長何センチだっけ？」

ヒロが意地悪な顔で美嘉の頭にひじを置く。

「148センチだけど!!　ヒロは⁇」

「俺？　俺は確か178センチとちょっと。ってかマジでチビだな！」

「ヒロがデカすぎるだけだし〜♪♪」

さっきまでのしんみりとした空気はすっかりなくなり、もういつもの二人に戻っていた。

自転車に乗って病院へ向かうヒロの背中……あんなに広くて大きかった背中が、夕日に当たってなぜかとても小さく感じたんだ。

日記

ヒロは今よりも少し広い病室に移動する事になった。

ヒロに会えなくなるわけではないから、前と変わらず毎日お見舞いに行き、みかんキャラメルも毎日買っていった。

三日間の外泊の時、ヒロは雪が積もった川原を見てみたいと言っていたから……雪が降る前に元気になってそれが叶うよう願いを込めながら、家に帰ってもくもくと毛糸の帽子を編んだ。

ヒロに似合うかな～とか、ヒロ喜んでくれるかな～とか。

まるで片思いをしている少女のように。

ヒロが退院したら、行きたい場所やしたい事がたくさんある。

まず、雪が降ったら川原に行きたいし、クリスマスには二人で赤ちゃんのお参りにも行きたい。

退院したら籍入れようって言ってくれたからそれも楽しみ。

普通に映画とか遊園地とかショッピングもしたいなぁ。

大好きなヒロとだったら何をしても楽しいよね!!

――十月十六日。


帽子はほぼ完成した。あとは仕上げをするだけだ。

今日もいつものように病院へと向かう。

お見舞いに行く事は美嘉にとって大好きな日課になっていた。

あいにく天気は曇りで空がゴロゴロと鳴っている。

泣き出しそうな空。今にも雨が降り出しそうな気配だ。

今日はあえてみかんキャラメルは買っていかないことにした。

昨日見た時にはまだいっぱい残ってたから。

トントン。病室の前……美嘉は体のほこりを払ってノックをする。

「はーい」

「失礼しまぁす!! ヒロ～元気??」

「おう、余裕」

ヒロは体を起こし、せき込みながらベッドに寄りかかった。

美嘉はせき込むヒロの細い背中をそっとさする。

こんな事しかしてあげられなくて……ごめんね。

「今日雨降りそうだよ。嫌だね～!!」

「風邪引くなよ？　美嘉、体弱いんだからな」

激しくせき込みながら心配するヒロ。自分が一番苦しいくせに人の心配ばっかりして……。

ヒロは突然思い出したようにベッドの横にある棚を開けて、何かを探し始めた。

「あった～今これ探してた」

そう言って希望にあふれた顔でヒロが差し出したのは、前に美嘉が買ったインスタントカメラだ。

ヒロは美嘉の肩をぐいっと引き寄せ、二人に向かってカメラを向けた。

「世界一最高の笑顔にしろよ！」

「えっ⁇」

わけがわからず戸惑う美嘉。そんな美嘉を気にせずヒロは例の言葉を言う。

「この先何があってもずっと～？」

「え、だ……大好き!!」

その瞬間にまぶしいフラッシュが光った。

突然のフリに笑顔になれないまま写真は撮られてしまい……でもあせりながらも【この先何があっても大好き】。

この言葉をしっかりと言っていた自分に驚きだ。

「ちょっと〜いきなり撮らないでよっ!! ぶ――――」

美嘉がほっぺを膨らませると、ヒロはわざと聞こえないフリをして美嘉にカメラを手渡した。

「これ、現像頼んでもいいか?」

現像するっていったって、まだ残りはたくさんあるのに。

……そう思いながら残り枚数が表示されている場所を見ると、〝0〟と表示されている。

「あれ⁇ なんで残り枚数ゼロ枚なの⁉ 何撮ったの⁇」

体を乗り出して問いつめる美嘉。

ヒロは目をそらして口笛を吹きながら答える。

「さぁな。現像したらわかるから。写真見て一緒に言おうぜ。〝この時も楽しかったけど今のほうが幸せだな〟って」

確か美嘉とヒロのツーショット写真は今日のを入れて三〜四枚しか撮っていないはず。

残り枚数がゼロ枚ってことは……何撮ったんだろう。まぁ、現像したらわかる事かぁ。

「今日帰りに出して明日持ってこれるようにしておくからっ!!」

「おぅ、楽しみにしてるわ。頼むな」

「まっかせてぇ!!」

しばらく沈黙が続き降り始めた雨の音の中、せき込んでいたせいかかすれた苦しそうな声でヒロは話し始めた。

「美嘉の将来の夢は？」

少し間を置き、答える。

「将来の夢かぁ……なんだろうなぁ」

「昔言ってたよな。お嫁さんになりたいって。それは？」

ヒロ、覚えてててくれたんだ。美嘉の夢はヒロのお嫁さんだって言ってた事。

絶対忘れてると思ってたのに……。

「今もお嫁さんになりたいよっ!!」

「誰のでもいいのか？」

「ダメ～!! 美嘉はヒロのお嫁さんになるのっ♪♪」

その答えを聞いたヒロは安心したように微笑み、そして美嘉の手をキュッと力なく握った。

「……しょうがねーな。俺の嫁さんにしてやるか。ってかもうすぐ叶うな……」

あの頃と変わらない答え。美嘉はうれしくて手を強く握り返す。

「じゃあヒロの夢は??」

「俺の夢は……美嘉が幸せになってくれる事」

「ヒロがそばにいてくれたらその夢は叶うよっ!!　ほかに夢はないの⁇」

ヒロは腕を組みながら少しの時間悩み、遠くを見つめながら答えた。

「俺と美嘉と赤ちゃんと……三人で手つないで歩く事だな」

うん、美嘉もそうだよ。

二人で……いや、三人でただ平凡に元気に過ごす事ができたらそれが何より一番の幸せ。

美嘉の頭の中では、流産した時、医者に言われた言葉が、幾度となく駆け巡っていた。

――「赤ちゃんはもうデキないかもしれません」――

今さらこんな事を思い出しちゃダメ。

可能性が低いだけで、ないわけではない。少しでもあるならその可能性に賭けるよ。

「俺と美嘉の間に赤ちゃんがいて～三人で手つないで歩くのとか最高じゃねぇ？」

ヒロは苦しそうな声で……だけどとてもうれしそうな顔で夢を語り始めた。

「俺が赤ちゃんを肩車して……美嘉と手つないで歩くのもいいな。毎日仕事帰ってきて美嘉がいて赤ちゃんがいて……そんなの最高だな」

話し疲れてしまったのかヒロの声のトーンが下がっていく。

美嘉はヒロの夢を最後まで聞き終えると、ヒロに布団をかけた。

「大丈夫。二人の夢、絶対に叶えようね!! ヒロ疲れたでしょ?? 横になった方がいいよ!!」

ヒロは布団から手を出しみかんキャラメルの箱を手に取ると、一粒のキャラメルを美嘉に差し出してきた。

「キャラメル食べたいの??」

「……今、食いたくなった」

キャラメルの袋をはがす美嘉。

ヒロは布団をかぶったまま窓の方を向いて静かに話し始めた。

「……俺、おまえに出会う前まではマジどーでもいい人生送ってた」

かすれて消えてしまいそうなくらい小さな声。

それでも一生懸命話し続けようとするヒロの言葉に、美嘉はキャラメルの袋を取る手を止めて耳を傾ける。

今はどんなにささいな音でさえもヒロの声を消してしまうような……そんな気がしたから。

「おまえに出会う前は女いても浮気しまくってたし、夢とかなかった。だけどおまえに出会って……俺、マジでヤキモチ焼いたりとか不安になったりとかした」

「……うん」

「最初はこんなに好きになると思ってなくて、ぶっちゃけ落とそうくらいにしか考えてなかった。でも一緒に過ごしてだんだん本気になって……」

「ん……」

「おまえに出会ってなかったらきっと今頃、寂しい人間になってた。誰かのために生きたいとか絶対思わなかったし……俺は美嘉に出会えてマジで良かった。本当にありがとな」

ヒロが……ヒロがなんで突然こんな事を言ったのかはわからない。

覚えているのは、ヒロの目に涙がたまっていた事、ただそれだけ……。

「美嘉もヒロに出会って成長できたよ!! ヒロに出会えて良かった。ありがとう……ずっと一緒だよね??」

ヒロは美嘉の問いに答えてはくれなかった。

ただ大きくて細い手のひらで頭を何度も何度もなでていてくれたんだ。

そう……あの寂しい笑顔で。

美嘉はキャラメルを途中まで開けていた事を思い出し、唇に挟んでヒロの唇へと運ぶ。

一瞬だけ二人の唇が触れ合う……この瞬間が好き。愛が伝わり合う瞬間。

「おいしい??」

美嘉の問いにヒロはキャラメルをかみながら答えた。

「おう、美嘉から元気もらえた。俺、明日からまた頑張れる」

キャラメルの箱を振ってみると、音がしない。昨日まではたくさんあったのに。

今のが最後の一個だったみたい。

「明日もみかんキャラメル買ってくるね!!」

「……おう、ありがとな」

ヒロは積み重なったキャラメルの空き箱をじっと見つめた。

「この空き箱の数は美嘉から元気分けてもらった数だな」

「そうだね!! 明日は写真とみかんキャラメル……二つのお土産持ってくるから、お楽しみに♪」

キィイ。

「検査の時間ですよ」

看護師が病室のドアをゆっくりと開けた。

「あら〜じゃあもうそろそろ帰らなきゃね!!」

美嘉は脱いだ上着を羽織り、帰る準備をする。

するとヒロは再び体を起こしてベッドに寄りかかった。

「こら〜!! 寝てなきゃダメだよっ!!」

「俺、つえーから心配すんなって」

「そうだね♪　ヒロ強いもんね!!　ケンカ負けた事ないもんね～!!」

「……病気上等だし！」

自慢げなその顔が子供みたいで可愛い。

ヒロが手招きをしたので、美嘉は帰ろうとドアの方に歩き出した足を止め、再びヒロの方へと戻った。

ヒロは美嘉の手を取り、二人の左手の指がからまり合う。

長くて細くて大きくて……でもとても温かいヒロの手。

ヒロは美嘉の手をぐいっと引き寄せると、唇の横にキスをした。

一瞬触れる程度の……軽くやわらかく優しいキス。

キスされた部分が熱を持っていてほんのり温かい。

目をそらさずにまっすぐに美嘉の顔を見つめるヒロ。

……二人の時間が止まった。

いつもとは違う雰囲気に胸の鼓動は速まるばかり。

ヒロに聞こえてしまいそうなくらいに……激しく大きく。

つなぎ合った左手の薬指にはペアリングが色あせながらも輝いている。

たくさん遠回りしたね。でも最後にはお互い一番来たかった場所に戻ってきたんだ。

今ね、すごく幸せなはずなのになんだかとても胸が苦しくて、……つないだ手をこのままずっと離したくないと思った。

……離したくないと思ったんだ。


「検査しますよー」

再び看護師がドアを開け、検査を急いでいる。

つないだ二人の手の力が一瞬強まる。

しかしそれもすぐに解かれ、ヒロは美嘉の頭を優しくなでた。

「ち～び」

止まった時間が再び動き始める。

でもいつもの元気なヒロに戻って……少し安心した。

「うるさ～い、ちびじゃないしっ!!」

舌を出し、再びドアの方へ歩きドアノブに手をかける美嘉。

「またな！」

後ろから聞こえるヒロの声。

「また明日ね!!」

美嘉はいったん病室の外に出たが、再び病室に顔をのぞかせてみた。

そこには子供のようなあどけない笑顔で必死に手を振っている……愛しいヒロの姿。

美嘉は手を振り返しながら、ゆっくりドアを閉めた。

ドアが閉まるまで、ヒロはずっと笑顔で手を振ってくれていた。


外は雨がぽつぽつと降り続いている。

濡れないよう雨を避けながら美嘉は写真屋に向かって走った。

「明日までに現像できますか⁇」

「大丈夫ですよ。では明日の午前十時に取りに来てください」

家に到着し、濡れた体をタオルでふきながら夕食を食べる。

「ヒロ君の体調はどうだい？」

お母さんの問いに、口に入っていた物を烏龍茶《ウーロンちゃ》で流し込みながら答える。

「風邪引いたみたいでいつもより元気なかったけど……元気だよ‼」

「それは良かったね！　帽子は完成したのかい？」

「うん、もうすぐ完成なんだぁ‼」

「喜んでくれるといいわね」

少し忘れかけていた帽子の存在を思い出し、心が弾んだ。

もし今日中に帽子を完成させる事ができたら、明日ヒロに三つのおみやげを渡せる。

現像した写真に、みかんキャラメルに、帽子。

ヒロのうれしそうな顔が目に浮かぶよ。

夕食を食べ終えお風呂に入り、雨で足のしんまで冷えた体をゆっくりゆっくりと温めた。

白湯《さゆ》のミルク風呂を両手ですくいながらヒロの事を想う。

さっき会ったばっかりなのに……もう会いたいよ。今すぐ病院に走っていきたいくらいだよ。

口ではうまく言い表す事ができないけど、すごくすごく会いたいの。

いつの間にかこんなにも好きになってたんだ。

「あ〜〜〜会いたい会いたい会いたい会いたいっ!!」

たまらずに出してしまった大声が居間に聞こえてしまうんじゃないかってくらいお風呂場に響き渡る。

その言葉と同時に美嘉はバシャッという激しい音をたて立ち上がった。

少しのぼせてしまったみたいで頭がクラクラする。

着替えをし、ほんのり赤く染まっている乾いた肌に化粧水をペチャペチャとつけ、部屋へ向かった。

なんだか今日は疲れちゃって眠いなぁ。

今日帽子を完成させるつもりだったけど明日にしよぉっと……。

未完成の帽子を横目に濡れた髪のまま布団もかけず眠りについた。

窓の外で聞こえる激しさを増す雨の音。

……視界がだんだんぼんやりとしてゆく。


夢を見た。

真っ暗闇で震えて泣いている自分がいる。

そこに大きな手が現れて震えて泣いている美嘉の手を引き、光射《さ》す場所まで連れていってくれた。

そこは明るくて……先の見えないまっすぐで長い道が続いている。

後ろを振り向けば闇の世界で、もう戻ることはできない。

何度も見たこの夢。美嘉を導いてくれる大きな手は一体誰なのか。

勇気を出してゆっくり顔を上げる。

……ヒロ。

やっぱりヒロだったんだね。何度も導いてくれたあの大きな手は、ヒロだった。

……あれ⁇　でも赤ちゃんを抱いているのはどうして⁇

ピンク色の手袋をした赤ちゃんを抱いてるのは……どうしてなの⁇

ヒロは美嘉より少し前を歩き、振り向いて頭をポンッとたたいた。

「バーカちーび！」

いつもの意地悪そうな、それでいて子供みたいな笑顔。

言い返したくてもなぜか言葉が出ない。

ヒロは美嘉の頭に手を乗せたまま、話し続けた。

「美嘉、好きだよ」

美嘉も……好きだよ。そう言いたくても言葉が出ないの。

今すぐ抱きついてしまいたい……でもね、体が動かない。

「俺はこれから先、美嘉の事、守ってやれないかもしれねぇ」

立ち尽くす美嘉。

言葉も出ず、体も動かず……ただ足だけがガタガタと震えている。

「……俺は先に赤ちゃんの所へ行く」

そう言って少しずつ離れていくヒロ。

その瞬間、動かなかった体が何か呪縛が解けたかのように一気に動くようになった。

震える足、何度も転びながら美嘉はヒロと赤ちゃんの元へ走る。

でも追いつかない。距離は縮まらない。

「……ヒロ!!」

声も出るようになった。でもヒロに届いているのかわからない。

ヒロは、とても悲しそうな……悔しそうな顔をした。

「寂しがりやの美嘉を、泣き虫の美嘉を一人にさせてごめんな。でもこればかりは俺もどうしようもできねぇんだよ……」

「ヒロ……行かないで……離れないで……」

追いかければ追いかけるほど遠くなっていく。

スカルプチャーの香りだけが……時々フッとするの。

追いつかない。追いつけない。

ヒロが来るなって言ってるような気がするんだ。

でも……でも……行かないで。まだ早いよ。まだ行かないで。

ヒロは寂しげな顔で微笑み……震えた声で話し始めた。

「俺は先に行かなきゃならねぇ。美嘉はゆっくり来い。おめぇが遅くてたどり着くのに何十年かかっても俺はこの先で待ってるから。川原で別れた時とは違う。いつかまた会える。俺はいつでも美嘉を見守ってるから。それだけは絶対忘れんな」

ヒロは一瞬近づき、二人は握手を交わした。

その手は相変わらず大きくて温かくて……離れたくない。

でも離さなきゃ、離れなきゃいけないんだね……。

美嘉は手を握ったままその場に座り込んだ。涙がぽろぽろと滴り落ちる。

「泣き虫～ちび美嘉！」
本当は自分だって離れたくないくせに、寂しいくせに。
最後まで強がって憎まれ口たたいて……。
「美嘉……またな！」
別れの言葉と同時に二人の手は解かれ、ヒロは長くて果てしない道のりを歩き始めた。
赤ちゃんを抱き右手を上げ、何度も何度も振り返りながら。
振り返らなかったあの頃とは違う。
……大好きだったあの笑顔で何度も何度も。
つないだ手を離さない事もできた。
でもね、最後に見たヒロと赤ちゃんの笑顔……なぜか輝いてたの。
幸せそうに見えた気がしたの。だから……だから……。

ジリリリリ。
不快な目覚ましの音で目が覚めた。
美嘉は涙でビショビショに濡れている枕に顔を埋める。
……夢で良かった。そう思ってるわりに胸が痛いのはどうしてだろう。
不安が頭をよぎりながらも、それを無理やりかき消そうとするかのようにもくもくとお見舞いに行く準備を始めた。

編みかけの帽子、今日帰ってきたら絶対に完成させよう。

変な夢を見たせいもあって……今すぐ病院に行きたい。

ヒロの笑顔を見ればこの不安な気持ちもきっとなくなるよね。

「いってきまぁーす!!」

家を出て写真屋の前に着いたのは九時四十五分。

写真の現像が出来るのは十時だから少し早いけど一応行ってみるか。

「いらっしゃいませ〜」

「あ、昨日現像をお願いした田原ですけど……」

「田原様ですね。出来てますよ」

写真が入った分厚い袋を受け取る。早く中を見たいけど我慢、我慢。

二人のツーショット以外何撮ったんだろう。

早くヒロと見たいなぁ。ヒロすごく楽しみにしてたもんね。

病院へ向かう途中、コンビニに寄り、みかんキャラメルを買った。

今日もヒロに元気をあげなきゃ!!


♪ブーブーブー♪

コンビニを出ようとした時、ポケットで携帯電話が震えた。

着信：ミナコさん
ミナコさんから電話が来るなんて珍しいな。

『もしもし⁇』

『美嘉ちゃん弘樹が……』

プツッ、プープープー。

ミナコさんの言葉を最後まで聞かずに美嘉は一方的に電話を切った。

なんとなく聞きたくない。聞くのが怖い。

弘樹が……何⁇　ヒロがどうしたの⁇

〝美嘉ちゃん弘樹が飲み物買ってきてだって‼〟とか言いたかったのかもね。

とにかく早く病院に行かなきゃ。

現像されたばかりの写真とみかんキャラメルを握りしめ、美嘉は病院へ向かって走った。


一階……二階……階段を上るたび胸が苦しくなるのはなぜだろう。

病室に近づくたびヒロに会うのが怖いのはなぜだろう。

昨日はあんなに会いたかったのに……なんで⁇

今はね、あまり会いたくない。

トントン。
冷静なフリをしてノックをする美嘉。
本当は胸がはち切れんばかりに緊張しているくせに。
いつものようにヒロからの返事はいくら待ってもない。
「ヒロ……⁇」
ドアを開けると目の前ではたくさんの人達が泣き崩れている。
ドア近くに立っていたミナコさんが美嘉に近寄り、震える声でつぶやいた。
「弘樹、今朝方に突然……」
ミナコさんの言葉は耳から耳へと通り抜ける。
たくさんの人が泣き叫ぶ声も……風で揺れる窓の音さえも聞こえない。
美嘉はベッドで寝ているヒロの元へ駆け寄った。
目を閉じて眠っているヒロ。昨日となにも変わらないよ。
なんでみんな泣いてるの⁇
その時、手に持っていた現像したばかりの写真が床に散らばった。
美嘉は散らばった写真に目もくれずヒロの肩を揺する。

「ヒロ？　もうすぐ昼だよ‼　起きないと……」

いくら揺すってもヒロは起きない。目を覚まさない。

「具合悪いの？　今から美嘉が元気あげるよ‼」

美嘉は買ったばかりのみかんキャラメルを箱から一粒取り出し、唇に挟んでヒロの唇へと運んだ。

一瞬二人の唇が触れ……その瞬間が好きだった。

冷たい唇。

……どうして⁇

「みかんキャラメル食べないと元気出ないよっ‼」

唇に置いたまま……動かない。

「……ヒロ？　みかんキャラメル食べたら美嘉から元気もらえるんでしょ⁇　早く食べて元気になってよっ‼」

唇で温かさを感じ、耳で鼓動を感じる。

触れる唇の温《ぬく》もりは生きている証。体に響く鼓動は生きている証。

今は何一つ感じる事ができない。

「ヒロ強いもんね。ケンカ負けた事ないもんね‼　そうだよね？　そうだよね⁇　ヒロ……」

美嘉の問いにヒロが答えてくれる事はなかった。

その時、偶然視界に入った床に散らばったたくさんの写真。

美嘉は写真を拾い一枚一枚を手に取った。

あ……これってカメラを買ったその日に撮った写真だ。

確かヒロが美嘉にカメラ向けていきなり撮ったんだっけ。

あ……これはプチ結婚式をした時にノゾムが撮った写真だね。

〝この先何があってもずっと～⁇〟

〝大好き‼〟

二人とも照れくさそうな、でも幸せそうな顔してるよ。

あ……これは昨日撮った写真だ。

ヒロが突然カメラ向けたから笑顔になれなかったんだよね。

「世界一最高の笑顔にしろよ！」

ヒロ、そう言ってたよね。

ヒロ……世界一の最高の笑顔で笑ってる。幸せそうな顔してる。

この写真見て〝この時も楽しかったけど今はもっと幸せだね〟って二人で言うんじゃなかったの⁇

言おうねって約束したじゃん。

昨日まで写真現像するの楽しみにしてたじゃん。
おいしそうにみかんキャラメル……食べてたじゃん。
「またな！」
そう言って笑顔で手振って別れたよね⁇
……なんで突然。
これは夢だよ。夢だよ。
夢だよね……⁇
床に散らばった写真。
その中にある、撮った覚えのないたくさんの写真。
美嘉はその写真を手に取り、一枚一枚じっくりと眺めた。
そこに写っていたのは……美嘉の体。美嘉の顔。美嘉の姿……。
お見舞いに来て、疲れて寝てしまった時の寝顔。
病室の窓から撮った帰っていく後ろ姿。花瓶の水を替えている姿。
下を向きながらみかんキャラメルの袋をはずしているところ。
全部……全部美嘉だけ。
ねえ、ヒロはずっと美嘉を見てくれてたんだね。
レンズ越しからも……見ててくれたんだ。

この写真でね、ヒロがどれだけ想っていてくれたのかわかるよ。
薄暗い写真、バレないようにフラッシュつけないで撮ったのかな。
ブレてる写真、急いで撮ったのかな。反射してる写真、窓越しに撮ったからだね。
なんで美嘉の姿ばっかり撮ってるの⁇
……本当にバカなんだから。
美嘉は写真をすべて拾い集めると、再びヒロが寝ているベッドへと駆け寄った。
窓から差し込む日差しが当たっているヒロの顔。
日差しが当たっている部分だけはほんのり温かい。
ヒロの手を布団からそっと出し、指をからめてぎゅっと握った。
握り返してくれる事はもうない。
昨日まではあんなに温かかったのに……今日はとても冷たいんだね。
いつもこの手を握ると、握り返してくれた。この手で頭をなでてくれたんだ。
ヒロの顔、今にも起きて笑いかけてくれそうなんだよ？
なんで動かないの⁇
ヒロの手を握りながら涙を流した。
この涙はヒロには届くのかな。
美嘉ね、今泣いてるよ⁇

いつもみたいに意地悪な顔で「泣き虫〜！」って言ってよ。

いつもみたいに子供のような笑顔で「そこも好き」って言って抱きしめてよ。

「おまえみたいな甘えん坊で泣き虫で寂しがりやな女、俺じゃねぇと付き合えねぇ」って。

「俺、強いから病気上等」って……どんなに憎まれ口きいてもいいから、わがまま言っても弱音吐いてもいいから……もう一度美嘉って呼んで。

低くて優しい声で美嘉って呼んで。

お願い。お願いヒロ。

美嘉って呼んで？

……呼んでよ。

ねぇ、神様。私はあなたを一生恨むでしょう。

どうして。どうしてヒロを連れていくんですか。

まだ伝えてない事がたくさんあるんです。

叶えてない約束がたくさんあるんです。

どんな苦労も乗り越えます。だから今すぐヒロを返してください。

今すぐヒロを……返してください。

ヒロが突然逝ってしまった詳しい理由は知らない。
知っても、ヒロが戻ってくるわけじゃないから。
早期発見なら助かっていたかもしれないんだって。
でもね、発見された時はもうほぼ手遅れで、……ここまで生きていたのが奇跡だって、
誰かが言ってた。
それが本当なのかはわからないけど、気づくのがちょっと遅かったんだ。
ヒロもヒロの家族もヒロが長く生きられない事を本当は知っていた。
そして美嘉も……ヒロが長く生きられない事は、なんとなくわかっていたんだ。
でもね、それでも良かったの。
奇跡が……奇跡がね、起こるかもしれないって思ってたんだよ。
二人でなら、奇跡は起こるかもって……。

桜井弘樹
享年二十歳
二〇〇五年十月十七日

あなたは遠くへ行ってしまった。

遠い遠い届かない場所へ行ってしまったんだ……。


その日お通夜が行われた。

美嘉は、ただただヒロの青白い顔をじっと見つめ、つながるはずもないヒロの携帯電話に何度も電話をかけた。

まだ信じられないの。心がついていかないの。

だってつい昨日まで普通に話してたんだよ⁇

突然会えなくなるなんて、そんなの信じられるわけないよ。

何が起こっているのか現実を受け止められずにいる。

なんとなく……なんとなく気づき始めてるけど、わざと気づかないようにしているんだ。

そうしないと壊れてしまいそうだから。

美嘉はずっと寝ないでヒロのそばにいた。

もしかしたらヒロが、目を覚ますかもしれないから……。

夜が明けて、今日は告別式だ。

たくさんの花の中、写真の中のヒロが笑っている。

「かわいそうに……」
たくさんの人達がヒロに向かって声をかける。
かわいそう⁇
ヒロ、寝てるだけなのに。別にかわいそうじゃないよ。
……現実逃避。今の美嘉にはこの言葉がピッタリだろう。
でも、今だけは許して……もう少し時間をください。
イスに座ってぼんやりとしていると、後ろから誰かに肩をたたかれた。
振り向くと、そこにいたのは黒いスーツを着たノゾム。
……そしてその隣には、はれた目をしたアヤがいる。
「ノゾムから全部聞いたよ。あたし……」
美嘉はアヤの言葉を最後まで聞かず、走って外に飛び出した。
今は何も聞きたくない。
「ごめんね。あたし許してくれるまで謝るから……連絡するからね！」
遠くから聞こえるアヤの叫び声を無視し、無我夢中で走った。
そして着いた場所は病院。ヒロが入院してた……病院。
うつろな目のまま階段を駆け上がる。

……ヒロがずっと入院していた三〇二号室の前。
ここに来れば元気なヒロに会えるような気がした。
この病室に何度もお見舞いに来たよね。
美嘉がこの病室のドアを開けるたびヒロはうれしそうに笑ってくれたの。
トントン。
「失礼します」
ドアを開けた。しかし病室には誰もいない。
あれ？ おかしいな⁇ つい最近までヒロはここにいたのに。
再びドアを閉め、もう一度ノックをしてドアを開ける。
トントン。
「失礼します」
一瞬だけ見えるヒロのうれしそうな笑顔。
しかしすぐに消えてしまう……幻。
飾られていた花も折り鶴もない。布団もきれいにたたまれたまま。
美嘉は何度も何度も繰り返した。
ヒロが現れるまで……。
「やめろよ！」

何度も何度もノックをしてドアの開け閉めを繰り返し、いるはずのないヒロの姿をひたすら探す美嘉の腕をつかんで止めたのは……ノゾムだ。

美嘉がアヤの言葉をさえぎり、走って病院に向かった時、後ろから追いかけてきたのだろう。

ノゾムの顔を一瞬ちらっと見て、再び同じ行動を繰り返し続ける美嘉。

「やめろって言ってんだろ！」

ノゾムの言葉に耳を傾けない。

聞こえてるけど……わざと聞こえないフリをしている。

「ヒロが生きてたら、美嘉のそんな姿見たら悲しむだろ……」

ノゾムの言葉に美嘉は手を止めた。

……生きてたら⁇ 生きてたらって⁇

現実が襲いかかってくる。まるで津波のように、激しく……恐ろしく。

ポケットから携帯電話を取り出すノゾム。何回かボタンを押し……。

「……これ読め」

そう言って美嘉に携帯電話を差し出している。

美嘉は震える手でノゾムから携帯電話を受け取り、画面をのぞいた。

メール受信：ヒロ
十月十四日。
今から四日前……ヒロがノゾムあてに送ったメール。
携帯電話を握りながらノゾムの表情をうかがうと、ノゾムは深くうなずいていた。
ボタンを押し、震える手で受信ＢＯＸを開く。

《ノゾムへ。俺はそろそろ死ぬかもしれねぇ。なんとなくわかる。俺が死んだら美嘉が一人になる。本当は美嘉を一人にしたくねぇし俺も死にたくない。だけどこれはしょうがねぇんだ。俺が死んだら寂しがりやの美嘉はきっとすげー泣くだろうしすげー落ち込むと思う。だからもし俺が死んだらノゾム、おまえが美嘉を支えてやってほしい。美嘉に現実を教えてやってくれ。そしてもしいつかほかに美嘉を守ってくれる男が現れたら、そいつに美嘉をよろしくって言ってやってほしい。俺が美嘉を守ってやれないのがすげー悔しいけど、俺のせいで美嘉が一人で寂しがっている姿を見るのが何よりつらいから。最後にノゾムおまえは最高のダチだった。幸せになれよ！　いろいろありがとな》
美嘉はすべて読み終えると、ノゾムに携帯電話を返した。
「このメール変だね、ヒロ死んだりしないのにね……」

信じてないはずなのに……気持ちとは裏腹に涙が止まらない。

ノゾムは美嘉の肩を強い力で揺すり、廊下中に響く大声で叫んだ。

「しっかりしろよ！　あいつは死んだんだよ。ヒロは死んだんだ！」

「死んだ……⁉」

「そうだよ。もう戻ってこねぇんだよ、ヒロは死んだんだよ！」

ノゾムの言葉で、ようやくヒロの死を実感する。

ヒロが死んだ。

ヒロは死んだんだ。もう会話はできないんだ。

もうぬくもり感じる事は……できないんだ。


一回目の別れは、川原だった。

ヒロは一度も振り返らなかった。

だけどね……学校で会えたよ。近くて手の届く場所に笑顔があったよ。

二回目の別れは、卒業式だった。

ヒロはやっぱり振り返らなかった。

だけどね……会えなくなっても同じ空気吸って、同じ星見てたよ。

三回目の別れは、夢の中だった。

ヒロは何度も振り返った。

だけどね……もう届かない。だんだん遠くなって、追いつけなかった。

もう近くに笑顔はない。

同じ空気が吸えない。同じ星が見えない。

……もっと一緒に笑いたかったよ。

もっと一緒に生きたかったよ。


「戻るぞ」

ノゾムはその場に座り込む美嘉の手を引く。

しかしヒロの死を実感した今、お葬式に行く勇気が出ない。

「やだ、行きたくない……」

ノゾムはその場を動こうとしない美嘉をにらみ強引に手を引いて起こした。

「行かねぇと一生顔見れなくなるんだよ」

ノゾムの目には涙がたまって今にもあふれ出そうになっている。

つらいのは美嘉だけじゃないんだ。ノゾムもつらいよね、悲しいよね。

でもヒロにメールで美嘉を支えてほしいって頼まれたから、

……ヒロの最後のお願いを聞いてあげるために一生懸命なんだ。

美嘉は起き上がりノゾムとともに再び告別式の会場へ向かった。

ヒロが入った小さな箱は火葬場へ運ばれようとしている。

「美嘉ちゃんも一緒に行こう？」

ミナコさんに手を引かれ、ノゾムとともに火葬場へと向かう。

火葬場に着き、美嘉は近くにあったコンビニでたくさんのみかんキャラメルを買った。

……最後の別れ。

小さい窓から見える痩せ細った冷たいヒロの顔。

きれいな花や大好きだったお菓子に囲まれて……今にも目を覚ましそうなのに。

「またいつか会おうな」

ノゾムはヒロの顔を見ながら涙を流した。

美嘉はヒロの顔の横に、箱から出したみかんキャラメルを入れた。

ヒロが元気になるため……たくさんたくさん。

〝このキャラメル食うと美嘉から元気もらえる気がするわ！〟

ヒロの声……なぜか今になってよみがる。

「ヒロつらかったでしょ。よく頑張ったね。苦しかったよね。ヒロ強いもん。よく頑張ったね……」

その時、美嘉の頭の中ではヒロと過ごした日々の思い出が走馬灯のように駆け巡った。

ヒロと出会ったきっかけはノゾムからの一本の電話だった。

初めて遊んだ日に一つになった。

ヒロには彼女がいて……何度もあきらめようと思ったんだ。

それでも最後にヒロは美嘉を選んでくれたよね。

美嘉がレイプされた時……自転車で汗かきながら捜しに来てくれたっけ。

黒板に美嘉のアドレスや番号が書かれた時も、守ってくれたね。

あの時のヒロ、惚《ほ》れ惚《ぼ》れするくらいカッコ良かったなぁ。

ヒロは美嘉が困ったりピンチの時はいつも助けに来てくれて、スーパーマンみたいだったよ。

赤ちゃんがデキた時、産もうねってすごい喜んでくれて……親に反対されても何度も何度も頭下げて頼んでくれた。

あの頭下げたりするのが苦手なヒロがだよ⁇　信じられないよね。

流産した時も寒い中、一日中祈っててくれた。

頭の上に雪積もらせて体震わせながらも、お守りを握っていた。

二人でさ、鼻水出しながら抱き合って泣いたよね‼

ヒロは覚えているかな⁇

二人の場所だねって言って、連れていってくれた川原。

あの川原でたくさんの時間を過ごして、たくさんの言葉を交わした。

これからもずっと……二人の場所だよ。

……突然の別れ。後ろ姿は遠くなり、去っていったヒロ。

それはヒロの精一杯の優しさだったと知った。

ヒロ、どのくらい一人で苦しんだの⁇

あの時必死で追いかけていたら、何か変わってたのかな⁇　今とは違う結果だった⁇

ヒロには新しい彼女が出来て、美嘉にも優という彼氏が出来た。

お互い別々の道を歩み始めたんだ。

卒業式の日に指輪を返して……握手した手が離れた。

ねぇ、ヒロはいつから長く生きられない事を知っていたの⁇　その時はもう気づいてた⁇

クリスマスの日にノゾムに会って、真実を知った。

美嘉は……ヒロを選んだ。

ヒロは自分が長く生きられないのを知っていながらも、戻ってこいと言った。

美嘉もそれに気づきながらも、ヒロを選んだの。

二人とも奇跡を信じていたんだ。

いつか元気になってまた前のように戻れるって……信じてた。
ヒロと戻ることができてから約一年半、毎日が楽しかったよ。
テレビ電話使って赤ちゃんのお参りしたよね。
プチ結婚式もした。ヒロのスーツ姿カッコ良かったなぁ。
指輪もね、左手にまだ光っているんだよ。
写真もたくさん撮ったし。
……ヒロ、美嘉の姿ばっかり撮ってんの!!
美嘉の姿なんか撮ってもおもしろくないのにね!!
お見舞いに行くたび、ヒロが笑顔で迎えてくれたのがうれしかったなぁ。
おいしそうにみかんキャラメル食べてる姿、子供みたいで可愛かったなぁ。
外泊許可が出たあの日、ヒロが初めて弱音吐いたんだよね。
あの時ね、うれしかった。
うれしかったって表現はちょっと変かな⁇　でも本当にうれしかったんだ。
強気なヒロが美嘉だけに弱音吐いた。
美嘉だけに……。
ねぇ、今思い出すのは楽しい事ばかりだよね。
これって、川原で別れた時と同じだね。

あの時も思い出すのは楽しい事ばかりだった。ヒロの笑顔ばかりだった。

ヒロが夢の中に会いに来た時……川原の別れとは違うって言ってたよね。

どーゆー意味なのかな⁇　いずれわかる日が来るのかな……⁇

最後に会った日、ドアが閉まるまで笑顔で手を振っていたヒロの顔が今も忘れられません。

あの時何かを予感して戻っていたら、こんな結果にはなってなかったのでしょうか。

それとも今よりもっとつらくなっていたのでしょうか。

ヒロと生きていく事は生きがいでした。

でもそれがなくなってしまった今、明日から何を生きがいにしたらいい⁇

泣いた時、誰に涙をふいてもらえばいい⁇

寂しい時、誰の胸に飛び込めばいいの⁇

一人は嫌だよ……。

一生会えないなんて、そんなの嫌だ。

「ヒロ……死ぬなんて嫌だ……置いてかないでよ……離れたくない……ヒロ‼　ヒロ……戻ってきてよ‼」

さっきまでの冷静な自分はもうどこにもいない。

我慢していたものがすべてあふれ出す。

幸せすぎて涙が出た日も、押し寄せる不安に涙が出た夜もあった。
こんなに自分が泣き虫で弱かったなんて……あなたに会って初めて気づいたよ。
離れたくないの。もっと一緒に生きたい。
ヒロ……。
美嘉は小さい窓から見えるヒロに、まるで助けを求めるかのようにすがりついた。
ヒロがいなくなってから初めてこんなに泣き叫んだ。
泣き叫ぶ事によってヒロが死んでしまった事を認めるのが怖くて……。
「ヒロ……ヒロ嫌だ……美嘉一人じゃ生きていけないの……」
どんなに泣いてもヒロは戻ってこない。
もしかしたら空の上でそんな美嘉の姿を見て笑ってるのかもしれない。
小さい窓はパタンと閉められ、ヒロの顔は見えなくなってしまった。

ヒロ……。
ヒロ……。
好きでした。大好きでした。
そして恥ずかしいくらいに、今も大好きです。
こんなにめちゃくちゃにカッコ悪くなるくらい、大好きです。

いつかはこうやって別れてしまう日が来るのはわかっていた。
なのに……ねえ、一人じゃ生きていけなくなったの。
ヒロに出会って、一人じゃ生きていけなくなったの。
あなたの不器用な優しさは、自分のちっぽけさを強く感じさせた。
美嘉のために自分を傷つけ……一人で涙流した夜は何度あったの？
こんなに広いこの世界で、あなたを愛した。
あなたに愛された。お互い……愛し合った。
……偶然⁇ 違う、きっと運命だね。
この先、あんなに人を愛し……そして愛される事はもうないよ。
ヒロ⁇ 見える⁇
こんなにたくさんの人がヒロを想って泣いている。
ヒロはかわいそうなんかじゃないよね。
こんなにたくさんの人に愛されて、幸せだったよね⁇
精一杯生きたもん。一生懸命生きたもん。
きっと幸せだったよ。
……夢の中だったけど最後にあいさつに来てくれてありがとう。
強くて、口が悪くて、ぶっきらぼうで、短気。あなたはそんな人でした。

でも本当は、優しい心を持ってて、寂しがりやで、強がりで、一人じゃいられない事。

知ってた。知ってたんだ。

ヒロ、頑張ったね。つらかったね。

よく闘ったね。

しばらくたってヒロは、煙になって遠くに旅立っていった。

そして小さくて白いかけらと灰になって……出てきた。

ヒロの目、鼻、唇、手、足……すべて無い。

わかってる……もう無いんだ。現実を受け止めなきゃ。

ミナコさんが一本の割り箸と小さい四角い箱を美嘉に手渡す。

ヒロの左手に当たる場所に、シルバー色のかけらみたいな物がある。

焼けてしまって形はほとんどわからない。

でもね、なんとなく指輪のような……そんな気がするんだ。

美嘉はそのシルバーの何かを割り箸でつかみ、箱の中にコロンと入れた。

小さな白いかけらも一緒に……。

人間って頑丈そうなのに、はかないんだね。

つい最近まで元気に動いていても、何日か後には形が無くなって白いかけらや灰になってしまったりもする事もあるんだから。

……はかないよ。

ヒロ、いつかまた顔見せてね。とびきりの笑顔も、怒った顔も見せてね。

あなたに会えて、本当に良かったです。

美嘉は箱を大切に握り、ノゾムの車に乗って家に帰った。


「お帰り、大丈夫……?」

心配そうな顔で玄関まで走ってくる、お父さんとお母さんとお姉ちゃん。

三人とも告別式に行ったのか黒い服を着ている。

「ん、大丈夫……」

美嘉は箱を握りしめたまま階段を駆け上がって部屋に向かった。

寒いわけではないのになぜか体がガタガタと震えている。

ピンポーン。玄関から聞こえるチャイムの音でビクッとしてしまう体。

お母さんが誰かと何かを話している様子だ。

音が静まると同時に、階段を上がってくる音が聞こえ……その音がだんだん部屋へと近づいてきた。

ガチャ。部屋のドアがゆっくりと開く。

「美嘉……?」

真っ暗な部屋の中布団にくるまり、ガタガタと震えている美嘉の姿を見て心配そうに言ったのはお母さんだ。

「……お母さん、どうしたの⁇」

「あのね、今ヒロ君のお姉さんが来て、これ美嘉に渡してって言われたんだけど……」

お母さんが手に持っているのは、現像した写真と一冊のノート。

お母さんはそれを机の上に置いた。

「これ、なんだろう……」

「写真はね、美嘉が忘れていったからって……あと、このノートはね、ヒロ君の病室の枕の下から出てきたんだって」

今、美嘉が一人にしておいてほしい事を察してくれたのだろう。

お母さんはそれだけ言うと部屋から出ていってしまった。

美嘉は布団から出て、机の上に置かれた写真とノートを手に取り、小さなスタンドのぼんやりとした光を当てた。

少し破けたぼろぼろの一冊のノート。

今はまだこのノートの中身を見る勇気は……ない。

ノートを開かず机の端に置き、写真に手を伸ばした。

写真の中のヒロはどれも笑ってるね。

ヒロがいなくなる前の日に二人で撮った写真はヒロだけが笑っている。

どうして美嘉は笑ってあげられなかったのかな。

突然撮られたって事もあるけど、この時から何か不吉な予感を感じていたのかもしれないね。

ヒロは……ヒロは何か感じてたのかな⁇

二人で写ってる写真を並べ、今日、火葬場でミナコさんから受け取った小さな箱から、すぐに壊れてしまいそうな白いかけらを取り出す。

……大好きなヒロの骨のかけら。

白い骨のかけらとヒロが笑っている写真を何度も見比べる。

この白くてちっちゃいかけらがあの元気だったヒロなんだ。

ヒロの姿はもう写真でしか見る事ができないんだね。

奇跡は起こらなかったのかな⁇

いや……ヒロがここまで生きてくれた事。それが奇跡なのかもしれない。

美嘉は枕に顔を埋めながら声をあげて泣いた。

まだ涙は残ってたんだ。

時間が戻ればいいのに。まだ伝えたい事がたくさんあるのに。

まだ一人でいるのがつらい。誰かと一緒にいたい。

枕を持ってお姉ちゃんの部屋に顔を出す美嘉。

「お姉ちゃん一緒に寝てもいい……??」

「もちろんいいよ！　私もそろそろ寝ようかな。美嘉寝れそう？」

お姉ちゃんは部屋の電気を消す。

「うん、大丈夫……」

どうにか……頑張って寝なきゃ。目が覚めたらすべてが夢になるかもしれない。

でも、これはまぎれもなく現実。そんなの嫌でもわかってる。

だからこそ、もし寝て何もかもを忘れたとして、朝起きた時に再びヒロの死を実感するのが怖くて……。

気がつけば空はいつの間にか明るみを帯びていた。

どんなにつらくても朝は来る、それがこの世の重い現実。


早朝五時。

布団から出て居間へ向かうとすでにお父さんが起きている。

「お父さん早いねっ!!」

美嘉は、はれて開きにくい目を無理やり開き、笑顔を作る。

「お父さん仕事あるからな」

「そっか、頑張ってね!!」

お父さんは心配そうな表情をして美嘉の肩をポンッとたたいた。

「美嘉も頑張るんだぞ」

お父さんの優しい言葉に引き締めた心が一瞬だけゆるむ。

「うん……頑張る!!」

洗面所に行き、気合いを入れるため冷たい水で顔を洗った。

着替えるため部屋に戻ると、部屋の隅っこには……寂しげに置いてある編みかけの帽子。

ヒロ、ごめんね。渡せなかった。間に合わなかった。

ごめんね。

完成間近の帽子の毛糸を一度解こうとした手を、考え直して止めた。

編みかけの帽子とヒロの骨が入った小さな箱。

そして昨日ミナコさんが届けてくれた一冊のノートをカバンに詰めて、美嘉は急ぎ足で家を出た。

朝の空気は爽快で……ヒロがもうここにいないなんて信じられない。

またいつもの一日が始まる。

これからお見舞いに行ってヒロに会って……そんな感じなのにね。
急ぎ足で向かった場所……それは二人の場所である川原だ。
今日来ないと、もう一生来れないような気がした。
つらいけど、それでも今はすべてを受け止めなければならないんだ。
坂を下り草の上に腰を下ろす。
太陽は流れる雲で隠れ、時たま、まぶしく姿を照らす。
チョロチョロと流れる川の音。いつまでも変わらない安らげる音。
でも今は悲しい音に聞こえるよ。
……そう、まるでヒロの泣き声のように。
最後に二人でここに来た時、隣にヒロがいたね。
一つにつながった。手をつないで空を見上げた。
ヒロの目から流れる一粒の涙も……。
神様にお願いしたのに。ヒロを連れていかないでってお願いしたのに。
ヒロがいない世界は先が見えない。
生きていく意味が……ないんだよ。
美嘉はいったんカバンから取り出しかけたノートを、カバンの上へ置いた。
まだ見る勇気が出ないの。

ゆっくりと立ち上がり、流れる川の前へと歩き始める。

……ここに飛び込めばヒロに会える？

……この川はヒロにつながってるの？

……美嘉が死んだらヒロの所に行けるの？

ヒロがこんな美嘉の姿を見たらものすごく怒るだろうね。

だけど、だけどね。ヒロのいない世界は何も輝かない。

ヒロがいたから、きっと何もかもが輝いていたんだ。

この色あせた世界で、何を頼りに何を求めて生きていけばいいの⁇

ヒロに会いたいの。ヒロの所に行きたいの。

美嘉はこれからヒロのあとを追います……。

堅い決心をし、川を見つめながら深呼吸をした時、遠くから声が聞こえたような気がした。

【あなたは一人じゃないよ。大好きな家族も、大好きな友達もいる。あなたは一人じゃない】

この声は赤ちゃん？

赤ちゃんなの……⁇

わかってる。でもね、ヒロのそばにいたいの。

ごめんなさい。

……美嘉もヒロと赤ちゃんの所に行きたいんだ。

そして川へ飛び込んでしまおうと足に力を入れたその瞬間、二羽の鳥が目の前を横切り、美嘉はそれに驚き、草の上にしりもちをついた。

しりもちをついたまま、空を見上げる。

さっき目の前を横切ったあの二羽の鳥はどこにもいない。

もくもくと流れる白い雲。

その瞬間、雲間から太陽がピカッと顔を出した。

目を閉じてしまいたくなるくらいのまぶしさ。

でもね、美嘉は見たんだ。

雲間からのぞいたそのまぶしい太陽の向こうに、赤ちゃんを抱いたヒロの姿を……。

【美嘉……おまえは生きろ！】

幻聴かもしれない。だけどね、そう聞こえたの。

二人はね、すごく幸せそうに笑っていたんだよ。

守ってくれる手はもうない。優しく頭をなでてくれる手はもうない。

ヒロがいないと生きていけないと思っていた。

ヒロがいなくなった今……それでも生きていくしかないの⁇

まだね、ヒロがどこかにいるような気がするの。

振り向けばいる……そんな気がするの。

もういないのはわかってる。でもそう思わないと心が破裂しちゃいそうなんだ。

生ぬるい風がフワッと吹き、カバンの上に置いたノートがぺらぺらと開いた。

美嘉は飛び込もうとした足を止め、立ち上がってノートを手に取り、そのノートを握ったまま再び草に腰を下ろした。

このノートを見たら、もっと苦しくなるかもしれない。

だけどヒロが見ろって言ってる……そんな気がするから。

ノートの一ページをめくると、そこに書かれていたのは鉛筆で書かれた雑な文字。


——二〇〇一年五月十三日——

俺は今日癌だと告知された。


美嘉は最初の一行を読んですぐにノートを閉じた。

……これはヒロが癌を告知された日から書かれた日記。

胸の鼓動が速まる。読みたくない。だけど読まなくちゃ……ヒロの日記。

ヒロが生きていた記録を読まなくちゃ……。

——二〇〇一年五月十三日——

俺は今日癌だと告知された。

最近喉が痛いと思って病院に行ったら癌だったとは……。

だから今日から俺は日記を書く事にする。

俺が死ぬまで書く。

卒業するまで入院は嫌だったので通院する事にする。

治療が始まる。

——五月十四日——

クラスのダチから美嘉とノゾムがキスしたと聞いた。

ノゾムの気持ちはなんとなく気づいていた。

だけど美嘉が俺に言ってくんなかったのがすごく悲しい。

——五月十五日——

美嘉に別れようとメールした。

本当は別れたくない。
だけど俺は長くは生きられないから。
でもやっぱり美嘉の事が好きだから、夜中会いに行ってしまった。
やっぱり別れたくないと思った。

——五月十八日——

ずっと考えている。
自分の気持ちをつらぬくか、美嘉の幸せを願うか。
俺はどうしたらいいのだろうか。
今日病院へ行った。

——五月二十三日——

最低だ。
今日地元のダチとシンナー吸って、記憶が戻った時
美嘉が部屋にいて襲われそうになってた。
助けてやりたかった。
でも美嘉が俺を嫌いになって振ってくれたら

一番いいのかもしれないと思い、俺は近くにいた女を襲った。
今思えばこんなやり方最低だ。

――五月二十四日――
美嘉と別れる事を決めた。
最低な俺に美嘉を守る資格はない。
いつかいなくなるかもしれない俺は、美嘉と付き合う資格はない。

――六月一日――
美嘉が俺んちに来てくれた。
正直うれしかった。
でも俺は嫌われなければならない。
俺の命令聞けって言ったらマジで聞いた。
聞いてんじゃねーよ。最低だって殴れよ。
もう嫌いだって言えよ。
美嘉が根性焼きをした時、手首の傷が見えた。
やっぱり俺は別れる。美嘉をたくさん傷つけてしまった。

夜、美嘉からメールが来た。

川原へ行くべきか行かないべきか……。

——六月二日——

川原へ行ってしまった。

マジで最低だ。別れたくねぇ。

だけど、寂しがりやの美嘉をいつか独りにする事はできない。

俺なんかといて楽しそうな美嘉を見て苦しかった。

美嘉、ごめんな。マジでごめんな。

——六月三日——

ずっと友達だったサリナから告白される。

美嘉が俺を嫌いになるいい機会かもしれない。

付き合う事にした。

病院へ行く。治療がつらい。

——六月六日——

美嘉を見た。

俺は自転車の後ろにサリナを乗せて横切った。

美嘉ごめんな。

——六月九日——

今日、美嘉と男が話していた。

美嘉にメールを送った。彼氏ではないらしい。

中途半端な事をしてしまった。

——六月十五日——

サリナと別れた。

あいつにほかに男がいるのはなんとなく知ってた。

治療でいらいらしてた事もあって

美嘉が悪くないのはわかってるのに八つ当たりしてしまった。

俺は今でも……。

――六月二十七日――
美嘉が風邪で休んでいるとノゾムから聞いた。
あいつ体弱いから心配だ。

――八月十二日――
突然美嘉に会いたくなって電話をしたけどつながらなかった。
番号を変えてしまったのか……。

――九月九日――
病院。
これで何回目なのか。
卒業まで入院はしたくない。
少しでも長く美嘉の顔を見ていたい。

――十月十七日――
学校祭。
美嘉がステージで二人でよく聴いていた曲を歌っていた。

偶然か……少し期待してしまう。
俺も廊下で歌った。
美嘉に届くわけねぇのに。
喉の痛み悪化。
病院へ行く。

──十月二十七日──

ミヤビって女に告白される。
確か美嘉の友達。
ずるい考えかもしれねーけど少しでも美嘉の近くにいたい。
俺は好きな人がいると断ったが、それでもいいと言われたので付き合う事にした。
ノゾムには俺から告った事にした。
また美嘉を傷つける事になる。
でも俺は美嘉に忘れられたくはない。
最低な男だ。

――十一月十二日――

修学旅行。

つまんねぇ。全然つまんねぇ。

美嘉と回りたかった。

――十一月二十六日――

最近具合悪い。

ほぼ毎日病院へ行ってる。

疲れた。

美嘉は風邪引いてねぇかな。

――十二月十四日――

補習だ。

美嘉もいる。

勇気を出して手紙を投げた。

帰りに幸せにって言われた。追いかけたかった。

でも俺にはできない。
美嘉は俺の事もう嫌いになったよな。

――十二月二十四日――

クリスマスイブ。
ミヤビの誘いを断る。
手袋とお菓子を買いだめする。
六十歳の分まで買った。
そんなに生きれねぇだろうけどお参りに行った。
美嘉は来てないみたいだ。
俺の事、嫌いになったから来ないのかも。

――二〇〇二年一月一日――

年が明けた。
俺は今年も生きられるのだろうか。

——二月五日——

病院がつらい。

入院する事になるかも。

——三月二十二日——

足にできものができる。

——四月十五日——

学校で進路を聞かれる。俺は卒業と同時に入院。

専門学校に行きたかったけどしかたねぇ。

——六月二日——

美嘉と別れて一年。意味もなく川原へ行く。

——八月二十三日——

暑い。病院行くのだりぃ。

――九月二十一日――
美嘉が校門の前で男と話してるのを見た。
彼氏か？
でもこれで良かったんだよな。
あの男が美嘉を幸せにしてくれる事を願う。
でも少し寂しい。

――十月二日――
美嘉はK大学に行くとノゾムから聞いた。
やっぱり専門学校ではなかった。

――十月十八日――
薬の副作用か、髪が抜ける。
笑える。
かっこわりぃ。

――十一月二日――
ミヤビと別れた。
あいつが赤ちゃんの写真捨てろってうるせーからケンカした。
美嘉に近づくために利用した俺も悪かった。

――十二月二十四日――
美嘉に会う。
うれしかった。
美嘉を抱きしめたかった。
病気の事を話してしまいそうになった。
弱い。
美嘉も赤ちゃんを忘れてなかったのがうれしい。

――二〇〇三年一月十五日――
おそらくもうすぐ美嘉は受験だろう。
受かればいいけど。

——二月二十七日——
今日は卒業式の練習。
入院の準備のためサボる。

——三月一日——
卒業式。
美嘉が話しかけてくれた。
俺はまた病気の事を言ってしまいそうになった。
指輪を返された。もう完璧に終わりだ。
俺はまだ好きなのに……。

——三月二日——
卒アルを見たら美嘉と写っている写真が載っていた。
うれしかった。未練がましい。
明日から入院だ。
赤ちゃんの写真、そしてこの日記を持っていく。

――四月二十日――
家に帰りたい。
――五月六日――
もう死んでもいいかも。
――七月十八日――
病院食がまずい。
美嘉はにんじん食べられるようになったか?
――九月二十日――
あ~焼肉食いてぇ。
――九月二十五日――
やっぱり寿司が食いてぇ。

――十月二十二日――

俺はこのままだらだら生きるのか。

意味があるのか。

――十一月四日――

髪はもう生えねぇのか？

美嘉は風邪引いてねぇかな。

――十一月二十日――

できものが痛む。

体がかなり痩せてしまった。

――十二月十二日――

雪がすごい。外に出たい。

――十二月二十四日――

ノゾムにお参りを頼む。

行けない自分が情けない。

美嘉は来るのだろうか。

――十二月二十七日――

今日信じられない事が起きた。

美嘉が病院来た。

ノゾムに聞いたのか？　夢かと思った。

美嘉の指には指輪があり幸せそうで良かった。

本当は少し苦しい。

――二〇〇四年一月十日――

美嘉はもう来るはずないのに、待ってしまう。

――一月二十二日――

美嘉が来た日から頭から美嘉が離れない。

どうしたらいいのか。

――二月四日――

俺は決めた。

美嘉に気持ちを伝える。

もうすぐで俺がいなくなるとしても、俺は伝える。

後悔して死にたくない。ノゾムに頼む。

――二月九日――

美嘉に気持ちを伝えた。美嘉は戻ってきてくれた。

もう長くないかもしれない俺は美嘉を悲しませるかもしれない。

それでも一緒にいたい。わがままなのはわかる。

でももう離したくない。

絶対治してみせる。

――二月十日――

あれから美嘉は毎日お見舞いに来てくれる。

うれしい。

前までは死んでもいいと思ってた。
でも今は死にたくねぇ。

――二月十三日――
テストの帰り美嘉が来る。
こんな俺でもいいって言ってくれた。
うれしかった。

――二月十四日――
美嘉にチョコをもらう。
うまい。

――三月十四日――
美嘉にアメをあげたら喜んでた。
うれしい。

——五月七日——

美嘉は相変わらずチビだ。

にんじん残すからだな。

——六月十八日——

美嘉が大学をやめたいと言った。

俺のせいか。

途中で寝てしまい、起きたら美嘉はいなかった。

——六月二十一日——

毎日が楽しい!

——八月十日——

美嘉の目がはれてた。

また泣いたのか。泣き虫だからな。

治療つらい。

——八月十八日——
美嘉がみかんキャラメルを買ってきた。意外にうまい。
カメラも買ってきた。このカメラで美嘉のいろんな顔撮りたい。

——九月一日——
日記書くのやめっかなぁ

——十月十二日——
退院したい。

——十月二十六日——
具合悪かったからみかんキャラメルを食べたら元気出た。

——十一月五日——
美嘉んキャラメル最高!!

――十二月二十四日――
美嘉がテレビ電話でお参りをさせてくれた。
最高のプレゼント。少し涙出る。
俺が退院したら絶対お返しする。

――十二月二十七日――
美嘉からもらった携帯を自分名義に変えた。
これからこの携帯を使うつもり。

――二〇〇五年一月一日――
A HAPPY NEW YEAR!

――一月九日――
ノゾム来る。
明日は成人式。美嘉と軽い結婚式をする予定をたてる。

――一月十日――

成人式。

着物マジかわいい。軽い結婚式をした。指輪も渡した。

早く籍入れたい。

――二月十四日――

美嘉からチョコもらう。あれからもう一年か。

――四月二十五日――

今日は雨。美嘉が濡れてないといいけど。

――五月五日――

死にたくねぇ。

もっと生きたい。

――六月十日――

起きたら鶴が置いてあった。

うれしい。元気になれた。

――六月二十七日――
元気がない。
みかんキャラメル食う。美嘉の寝顔撮る。

――七月三日――
カメラの残りもあと少し。
早く現像して美嘉と見たい。

――七月十六日――
早く退院して美嘉とデートしてぇなー。

――八月十二日――
俺は死ぬのか？

──八月二十三日──
食べ物を吐いた。頭が痛い。

──九月五日──
寒くなってきた。美嘉が風邪引きませんよーに。

──九月十二日──
三日間の外泊許可が出た。明日は家に帰る。

──九月十三日──
家にいた。久しぶりに家の飯食った。
ずっとここにいたい。

──九月十四日──
今日はダチがたくさん来た。久しぶりに話せて楽しかった。
明日は美嘉に会える。

――九月十五日――

久しぶりに病院以外で美嘉に会った。
学校へ行く。
図書室の黒板にはまだ俺が書いた文字が残っていた。
あれを書いたのが美嘉じゃなかったら困るから聞けなかった。
川原へも行った。雪降る季節にまた来たい。
美嘉に弱さを見せてしまった。かっこわりぃ。
美嘉も泣いていた。

――九月二十三日――

死ぬのが怖い。
美嘉を置いていきたくねーよ。
美嘉を一人にさせたくない。

――十月一日――

病室が移動になった。
そろそろか。

――十月十日――
最近ずっと具合悪い。
みかんキャラメル食ってもなかなか元気にならない。

――十月十四日――
ノゾムにメール送る。
そろそろ嫌な予感がする。
俺はまだ生きたい。
美嘉と一緒に生きたい。
生きたい生きたい生きたい生きたい生きたい。

――十月十五日――
カメラは残り一枚。
明日美嘉と二人で撮って現像頼もう。
楽しみだ。みかんキャラメル食べる。
元気出た。
美嘉に早く会いたい。

美嘉俺は……

——十月十六日——

〝美嘉俺は……〟

日記はここで終わっていた。

続き、何書きたかったの？
震えた字で……苦しいのに書いてくれたのかな？
ヒロは一生懸命生きてたんだね。
つらくて苦しくて……それでも必死で生きようと闘っていたんだね。
日記、美嘉の事ばっかりじゃん。
バカだよ。本当バカだよ……。
すべて読み終わり、ノートをパラパラと開いた。
最後のページに何か書かれている。
ノートの最後のページに書かれていた文字。
いつ書いたのかはわからない。でも確かにヒロの文字で書かれている。

もういなくなる俺に、こんな事を言う資格はないのかもしれない。
でも俺は言いたい。
愛している。美嘉の事を、愛している。
〝君は幸せでしたか?〟と聞かれたら、俺はあの頃と変わらずこう答えるだろう。
〝とても幸せでした〟と。
そして〝今も幸せだ〟と答える。
おまえに会えた事が、俺にとっては大きな幸せだった。
それは二度と変わらない。
たとえ俺がいなくなっても、俺は自信を持って幸せだと言える。
とても幸せだったと。そして今も幸せだと。
……美嘉は幸せでしたか?

空いたスペースに書かれた絵。左に髪の長い女の子……美嘉かな⁇
右に帽子をかぶった男の子。きっとヒロだね。
二人の真ん中に書かれているのは、ピンク色の手袋をした赤ちゃんの絵。
……下手くそ……。
でも三人は幸せそうに手をつないでるね。

三人で手をつないで歩くのがヒロの夢だったもんね。
ヒロはどんな気持ちで書いたのかな。夢を叶えるつもりで書いたのかな。
叶わない事を知ってたのかな。
美嘉はノートを閉じ、折れるくらいきつく抱きしめた。
【美嘉……おまえは生きろ！】
ヒロからの最後のメッセージ。
ヒロは一生懸命生きた。なのに美嘉がこんなに弱かったら……ヒロに笑われちゃうね。
心配性なヒロの事だから安心してそっちの世界に行けないね。
新たな決意を胸に涙を流した。唇の横が、一瞬だけほんのり熱を増す。
それはまるで……最後にヒロがキスをしてくれた時と同じぬくもりのようだった。

いつか誰かがヒロの存在を忘れてしまう日が来ても、美嘉は一生忘れません。
心の中であなたは生きてるから。
永遠なんてないと思ってた。
でもね、あなたは永遠に心の中で生き続ける。
あなたに会えた事。

あなたと幸せな時間を過ごせた事。

あなたの人生に関われた事。

忘れない。絶対忘れない。

ぬくもりも笑顔も大きな手も、もう何もかもなくなってしまったけれど……。

一人でも歩き続ける。

また会える日が来るまで。

ヒロ、美嘉に出会ってくれてありがとう。

美嘉を愛してくれてありがとう。

生きてくれてありがとう。


涙で濡れて折れ曲がったノートをそっとカバンにしまう。

さっき川に飛び込もうとした時、目の前を横切ったあの二羽の鳥は……ヒロと赤ちゃんだったのかもしれない。

助けてくれたんだ。二人の分まで生きろって、そう伝えたかったんだ。

ヒロがいなくなった今、離れていた日々の真実を痛いくらいに感じているよ。

ヒロの心の中から美嘉の存在が消えた日は一日もなかった。

一日もなかったんだ。

離れててもずっと自分の傷を隠しながら幸せを祈っててくれてたんだね。

目を閉じると少しも色あせずに浮かぶあなたの笑顔。

でもね、これだけは忘れないで⁇

すれ違って遠回りした。だけど二人願ったゴールは……同じ場所だった事を。

あなたが背を向けてこの川原を去ったあの日、二人の間に確かに愛はあった。

追いかけなかった私と振り返らなかったあなた。

でも確かに大きな一つの愛がありました。

そして今もあの時より大きな愛がここにある。

……大きな大きな愛がここに存在しているんだ。


人の〝死〟は必ず何か意味を持つという。

ヒロを連れていってしまった憎い神様へ。

ヒロの死はどんな意味を持つのか。

今はわからない……だけど必ずその意味を探してみせます。

ヒロの死を赤ちゃんの死を……決して無駄にはしない。

だからもう一度だけチャンスをください。立ち上がる力を……前に進む勇気をください。

もう絶対生きる事に迷ったりはしない。生きる事をあきらめたりはしないから。
ありったけの勇気と力を………ください。
ほんのり冷たい風が吹き抜け、懐かしい香りがした。
その風が涙を……一瞬だけ乾かす。
生きる。生きるんだ。
生きてやる。生きてみせる。
あなたが教えてくれた優しさと強さを糧に私は……これからも生き続ける。
ヒロ、こっちの世界はつらかったでしょう。苦しかったでしょう。
よく闘ったね、お疲れさま。もう怖くないよ。
そっちの世界ではどうか……元気でいてください。
もしまた生きる事に疲れてしまう時が来たら、このノートを見て元気もらうね。
美嘉に何かあったらヒロが必ず助けてくれる。
それはたとえヒロがいなくなっても変わらない。
ねぇ、ヒロって本当にスーパーマンみたいだね!!
正義の味方だね。カッコいいね。
大好き。ヒロ大好き。ヒロ大大大〜好き。
ありがとう。

本当にありがとう。
またね。
また今度ね。
まっすぐ前を見て立ち上がった。
その時ゆるんだ背筋がすくっと伸びたような気がしたんだ。
そして美嘉はゆっくりと歩き始めた。

恋空

ヒロがいなくなってしまったあの日から一カ月。

美嘉はここ最近具合が悪くて病院へ行った。

体が重くてだるい。なんだか吐き気もするし……。

病院で一通りの検査を終えると、医者が口を開いた。

「おめでとうございます。妊娠してますね！」

……妊娠。

新しい命が誕生した。ヒロと美嘉の赤ちゃん。

あの時川原で一つになった時の赤ちゃん。

もう抱くことはないと……デキないと思っていた赤ちゃん。

二人目の赤ちゃん。ねぇ、これは二つ目の奇跡なのかな⁇

それとも、ヒロの生まれ変わりなのかな⁇

「産みますか？」

「産みます‼」

美嘉は医者からの問いに即答した。

迷いはない。迷うわけがない。

ヒロ……赤ちゃんデキたよ。二人の赤ちゃんデキたんだよ。

ずっとずっと赤ちゃん生まれるの楽しみにしてたもんね。

高校の時に図書室で一つになった時と、ヒロと最後に川原で一つになった時……幸せすぎて涙があふれ出た。

両方その後に、新しい命が宿ったね。

あの涙は、命が宿った……幸せの証。赤ちゃんの喜びの涙だったのかな。

ヒロも今頃天国で、一人目の赤ちゃんと幸せそうに笑ってる⁇

きっと笑ってるね。二人で笑ってるね。

ヒロとの赤ちゃん産むよ……絶対絶対産むよ。

もうデキないかもしれないとあきらめかけていた。

それでも美嘉のおなかに宿った一つの命。

愛するあの人とのたった一つの絆《きずな》。

神様。

神様の事は一生恨むかもしれない。

でもね、ほんのちょっぴり、感謝するよ。

天国からの贈りものをくれたから。

ヒロの生まれ変わりかもしれない。一人目の赤ちゃんの生まれ変わりかもしれない。

赤ちゃん……もし君が生まれた時には、あなたのパパの事たくさん話してあげるからね。

あなたのパパはね、とってもカッコ良くて、とっても男らしくて、とっても強かったんだよって……。

それでね、一緒に手つないでパパのお墓行こうね。

パパが大好きだったみかんキャラメルと完成した帽子持って……行こうね。

パパ絶対喜ぶよ。涙流して喜んでくれるよ。

あなたのパパはとても心の温かい人だから。


美嘉は病院を出て、家の近くにある公園のベンチに腰をかけた。

妊娠の事実。

喜びと……信じられない気持ちと……ヒロに赤ちゃんを抱かせてあげたかった悔しさと……いろんな想いが交ざり合って頭の中はぐちゃぐちゃだ。

一人で赤ちゃんを産む事に、少しも不安がないわけじゃない。

その時小さな幼稚園児達が公園に入ってきた。

ブランコで遊んだりすべり台で遊んだり……楽しそうな子供達の笑い声が耳に響く。

美嘉の前に頭に赤いリボンをつけた女の子が走り寄ってきた。

「お姉ちゃんどうしたの？　泣いてるの？」

その声に顔を上げる。心配そうにこっちを見ている女の子。

「泣いてないよ。大丈夫だよ!!」

するとその女の子は美嘉に向かって二本の指を差し出した。

……ピース……。

「……え……」

女の子はニコニコと幸せそうに微笑む。

「あのね、先生がおまじない教えてくれたの。ピースしたら元気になれるんだって！　笑顔になれるんだって！　だからお姉ちゃんもピースしたら笑顔になれるよ！」

美嘉はゆっくりと手を差し出しピースを返す。

「お姉ちゃん元気出た？」

美嘉は女の子に向かって微笑んだ。

「うん、出た!!　ありがとう!!」

女の子は満足げな顔をして、ブランコへと走っていってしまった。

ピースは元気になれるおまじない。ピースは誰かの成功を祈るおまじない。

空を見上げる。

美嘉は支えてくれる大切な人達の事を思い出した。

いざという時には必ず隣にいてくれるノゾム。

あれから仲直りして、そばにいて話を聞いてくれたアヤ。

心配をして、毎日連絡をしてくれるヤマト。

常に支えてくれる、相変わらず仲良しのイズミとシンタロウ。

今もまだ自分の夢を追って、一生懸命努力しているウタ。

一度離れかけ、より絆が深まったかけがえのない家族。

迷う美嘉に、強く背中を押して勇気をくれたあの人。

美嘉は、一人じゃない。

……赤ちゃん。ヒロ。

美嘉……頑張るからね。

「美嘉ね、明日から頑張って生きるから！　二人の分まで生きるからねー!!」

カバンから編みかけの帽子を取り出し、流れた涙と鼻水でぐじゅぐじゅの顔で空に向かって笑顔で叫ぶ。

「帽子完成させるから!!　待っててねー!!」

精一杯の強がり。生きる決意。最後の涙。
………ヒロに届け。
もうすぐ雪が降る。
冬が来るよ。

DEAR：大好きなヒロ
元気にしてますか⁇　そっちは寒くないですか⁇
風邪引いてませんか⁇　幸せに暮らしてますか⁇
届くかはわからないけどヒロに手紙を書いてみました。
美嘉は元気です。風邪引いてないよ。
泣き虫もね、無事卒業した。
にんじんも少しずつ食べられるようになってきたよ‼　……偉い⁇
あれからね、大学やめちゃった。ヒロとの約束守れなくてごめんね。
今、産婦人科に通ってるんだ。そこね、流産した時に行った産婦人科なんだよ。
ヒロは覚えてるかな⁇
美嘉は今でも病院から出る時に思い出してるんだ。
ヒロが頭に雪積もらせながら、玄関に立ってた事。

【お祈りしてた……】

そう言ってお守り握りしめて震えてたヒロの姿。

今でも雪の向こうに見えるんだよ。

そういえばこの前、ヒロの小さいかけらと赤ちゃんの写真を持って川原に行ってきたよ。

三人で行きたいって言ってたもんね。見えたかなぁ⁇

冬の川原はどうだった⁇　今度……今度会ったら聞かせてね。約束ね‼

今日はクリスマスだね。

これから一人でお参りに行ってくるよ。

ヒロが買った六十歳までの手袋とブーツを持って六十歳までお参りする。

でも来年からは一人じゃないんだ。だっておなかにいる赤ちゃんが一緒だから。

だから寂しくないよ。泣いたりしない。

赤ちゃんの事、みんなに報告したら泣いて喜んでくれた。

美嘉は一人でも赤ちゃんの事、幸せにしてみせる。

だからヒロはそっちで応援しててね。

大好きな友達と大好きな家族に支えられて今、美嘉は生きている。

強くなった。ヒロのお陰でね、強くなったよ。

美嘉は二十一歳になりました。ヒロと出会ってもう五年もたちました。

ヒロと過ごした日々はかけがえのない日々でした。

偶然二人をつなげた一本の電話。あの日からきっと私はあなたに恋をしていた。

田原美嘉は……桜井弘樹に会えた事が人生で一番幸せな出来事です。

あっ、そうそう。一つ報告があります。

ヒロと交わした約束を一人で叶える事にしました。

二人で言ってた結末とは違ったけれど……ヒロと過ごした時間をヒロの生きた証を、最後まで書きつづる事ができました。


……ねぇヒロ。

今すぐは無理だけど、今度また会おう。

そっちに行くのは遅くなるかもしれないけど……絶対会おう。

二人出会った事が本当に運命ならまた必ず会えるよ。

……それまでは、変わらずにいてね。

短気で、ヤキモチ焼きで、ケンカっ早くて、ぶっきらぼうで、強がりで、寂しがりやで、負けず嫌いで、不器用で、優しくて、温かい……。

そのままのヒロでいてください。
浮気はダメだよ!!　なーんてね。
風邪引かないように。
引いたらみかんキャラメル食べて元気出してね。

じゃあ……またね。

ヒロまたね!!

二〇〇五年十二月二十五日
ＦＲＯＭ：美嘉

――『もしもし？』
『えっ……もしもし』
『俺ノゾムのダチの桜井弘樹』――

ヒロと出会った運命の日。

──『俺、美嘉が好きだ。……付き合ってほしい』

『……うん』──

二人の気持ちが通じ合った瞬間。

──『赤ちゃん……デキてた』

『美嘉おめでとう！　俺らの子産もう。産もうっつーか産んでくれ。俺、学校やめて働くし、ぜってぇ二人幸せにすっから！』──

素直な気持ちにうれしくて涙があふれ出た。

──『温かくてちっちぇ〜手だな。俺の手の半分くらいじゃねぇ？　こんなちっちぇ〜手で母親になれるんだからすげぇよ。美嘉ならきっといい母親になれるな！』──

美嘉のすべてを包み込む大きなヒロの手。

――『またいつか産まれてこいよー！』
『……産まれてきてね!!』
『そしてこの公園で、パパとママと三人で遊ぼうなー！』
『遊ぼうねっ!!』――

永遠に叶うことのない約束。

――『この川原は俺が見つけた特別な場所。二人だけの場所にしようぜ。ケンカしたりした時はここで仲直りしような！』
『わーいわーいヒロと美嘉の二人だけの場所だぁ！　ヒロ大好き～！』――

これからもずっと大切な二人だけの場所。

――『今日はもう別れるつもりで来た』
『え……付き合う気がないなら来ないでってメール送ったのに……』
『……最後の思い出作りたかった』
『……行かないで……』

『……元気でな。幸せになれよ。バイバイ』――

終わりを告げた日。
ヒロの精一杯の優しさ。

――『ヒロ、ミヤビ………幸せにねっ!!』――

大好きなヒロの幸せを心から願った。

――『……ヒロっ、久しぶり！　痩せたね!!』
『帽子かぶってるからそう見えるだけじゃね？』
『ヒロが帽子かぶってるとこ初めて見たぁ!!』
『今、俺の中のブームは帽子だからな！』
『じゃあまたね……』
『おい……』
『……何??』
『いや、じゃあな』――

クリスマスの再会。
ヒロの言葉を最後まで聞いてあげられなくてごめんね。

――『あのっ……』
『俺……』
『あ……ヒロから言っていいよ!!』
『美嘉から言え。俺、大した事じゃねぇから』――
本音と弱さを隠し、近づいた心が離れた。

――『美嘉は幸せだったか？』
『うん。すごい幸せだったよ……』
『おまえは相変わらずチビだな。早く背伸ばせよ』
『バカヒロっ!!』
『美嘉、絶対幸せになれよ』

『……ヒロもね!!』――

卒業式。ヒロから卒業した。
ヒロは美嘉の幸せと引き換えに自分を犠牲にした。
温かい手が離れたあの日。

――『ヒロなんで内緒にしてたの??』
『なんにも内緒にしてねーよ!』
『だって病気の事……』
『うるせー! もういいから。忘れろ』――

強がりで優しいヒロ。

――『俺のところに戻ってこい』
『……バカ。遅いよ……』
『もうおまえの事絶対に離さねぇから……』――

待っていた言葉。たどり着いた場所。

――『今思ったんだけど、美嘉とみかんて響き似てねぇ!?』

『確かに似てるけど……何いきなり～!!』

『このキャラメル食うたび、美嘉から元気もらえる気がするわ。なんたって美嘉とみかんだからな!』――

子供みたいで……そんなヒロが大好きでした。

――『え～桜井弘樹さん。あなたは田原美嘉さんを一生愛していく事を誓いますか～?』

『誓います』

『じゃあ～田原美嘉さん。あなたは桜井弘樹さんを一生愛していく事を誓いますか?』

『……誓います!!』

〝これからもずっと一緒だよ。よろしくね〟――

ちっぽけな奇跡を信じた二人。

──『ヒロまた突然いなくなったりしないよね⁉』
『バーカ。おめぇみてーな甘えん坊で泣き虫で寂しがりやな女は、俺じゃねぇと付き合えねーよ！』──

美嘉の事たくさん支えてくれてありがとう。

──『早く雪降んねぇかな』
『雪⁉』
『ここに雪降ったらどんな景色になるか見てみてぇ』──

あと少し間に合わなかった願い。

──『俺、まだ死にたくねぇよ……』
『え……』
『もっと美嘉と一緒に過ごして、これからもずっと……いろんな事して笑って生きてぇよ……』──

ずっと我慢してたんだね。
気づいてあげられなくてごめんね。

――『美嘉、愛してる』
『ヒロ、愛してる』――
深い愛に包まれていた。

――『またな！』
『また明日ね!!』――

最後に交わした二人の言葉。
二人の言葉。
二人で交わした数えきれないくらいたくさんの言葉は…………すべて宝物。
何よりも愛しい輝く宝物。

――『ね、ね、カメラマン来てるから四人で写真撮ってもらおうよ♪』

『え～美嘉今ノーメイクだし嫌だぁ!!』

『だってもしかしたら卒アルに載るかもしれないよ～!?』

『そうだ～撮ってもらおうぜ！』

『ヒロ、どうする??』

『俺らが恋人同士だって証拠、残すのもありじゃねぇ？　それで何年かあとにその写真見て、あの頃は楽しかったけど今はもっと幸せだねって言えたら最高じゃん！』

『カメラマンが【この先何があってもずっと～】って言ったらみんなこう答えろよ！』

『了解～！』

「撮るよー！　この先何があってもずっと～？」

『『だーい好き!!』』――


私はあなたとともに生きる事ができて世界一幸せでした。

あなたがこれからもずっと笑顔である事を祈っています。


今部屋には27枚の写真が貼られている。

二人の写真。ヒロが撮った美嘉の写真。

二人で笑って二人で生きた記録。


私が歩んできた道は、正しかったのか間違っていたのか……それは今もこれから先もずっとわかる事はない。

迷い、そしてすれ違い、逃げて、転んで、起き上がれなくて、泣き、笑い、怒り、多くの人を犠牲にして、自分勝手だった。

一人じゃ何もできなくて、何度も甘えては助けられ、自分が一番不幸だと思い込み、周りが見えなくて、弱虫で醜く、傷つけ傷つけられ……。

でも私は選んだ道を少しも後悔はしていないと……心から誓える。

あなたに出会え、あなたという道を選んだ事は、私にとって永遠の誇りだから。


【〝君は幸せでしたか？〞と聞かれたら、俺はあの頃と変わらずこう答えるだろう。〝とても幸せでした〞と。そして〝今も幸せだ〞と答える。美嘉は幸せでしたか？】

美嘉は幸せでした。

あなたに会えて幸せでした。
あなたに愛されて幸せでした。
あなたを愛して幸せでした。
そして私は今も幸せです。
とてもとても幸せなのです。

ヒロ……
ヒロ……愛してる。
ずっとずっと。ず――っと。

青い空。白い雲。
どこまでも続くこの空はヒロへとつながっているよ。
だからいつでもあなたはそばにいるんだ。
いつも見守ってくれているんだ。

もしもあの日君に出会っていなければ

こんなに苦しくて
こんなに悲しくて
こんなに切なくて
こんなに涙があふれるような想いはしなかったと思う。

けれど君に出会っていなければ
こんなにうれしくて
こんなに優しくて
こんなに愛しくて
こんなに温かくて
こんなに幸せな気持ちを知る事もできなかったよ……。

悲しい時。
寂しい時。
苦しい時。
楽しい時。

これからはどんな時でも上を向く。
あなたにつながっている果てしない空を見上げるの。
ねぇ、手つないで一緒に空を見上げた事もあったよね。
もうあなたは隣にいない。
だけど……。

ねぇ、私は今でも恋してるんだ。
赤ちゃんがいる空に……
大好きなあの人がいる空に……
空に……

恋してるんだ。
恋してるんだ。

恋空……

【終】

見上げた空、とても綺麗で・
キミが居ないこの空の下は
昨日と変わらず広かった。
もし願いが叶うなら
もう一度、キミに出会いたい。
抱きしめられなくても
一緒になれなくても
笑顔の横顔
居るという真実だけで、いい。
もう一度、キミに出会いたい。

美嘉

美嘉直筆書き下ろしポエム

消せない番号。
もう別の人に繋がる。
わかってる。
それでも、消せない。
唯一の繋がり、手離せなくて。
いつかまた
聞きたい……声。
私の名前を呼ぶ優しい響き。
まだ、まだ、消せない。

あとがき

初めて恋空の単行本を手にしたときのあの感情を、今でもはっきり覚えています。

その思いは感動であり、不安であり、喜びであり、緊張であり、安心であり、恐怖であり……一言ではとても言い表せないほど複雑に入り混じった感情でした。


あれからしばらくの時が流れました。

そしてまた新しく、新装版として皆様の前に出ることになった《恋空》。

たくさんの読者さんや関係者の方々に支えられてきた恋空が、こうしてまた新しい形で出ることを、とても嬉しく思います。


時間が流れ世間も変わったことでしょう。

あの頃ぼやっとしか考えていなくて、ほとんど想像していなかった未来が今、ここにある。

あの頃、想像できなかった自分の姿が今、ここにある。

きっと全く変わってしまっているであろう恋愛の形。

感情なんてそのときそのときで違ってくるもの。

でも結局、たどり着く思いというのは変わらないのだろうと私は思います。

好きな人、大切な人を思う気持ち。

そういう人を支え、支えられ、喧嘩しすれ違い、時には別れを経験するかもしれない。

そうして最後に得る感情というものはいつまでも変わらないもの。

初めて書籍になった恋空を読んでくれていた読者さんは、中学生や高校生の学生さんが多かった記憶があります。

恋愛や友人関係の相談にのっていたこともあります。

その皆様が今はその悩みを自分の力で乗り越え、ある人は社会に出て、ある人は母親になっているかもしれない。

そう思うと不思議だし、時の流れの速さに本当に驚かされます。

私も当然変わりました。

あんなに小心で臆病だったけれど、ちゃんと大人になりました。

あ、もうとっくに大人だった……あの頃から！

強くもなったし、弱くもなりました。

守るものが出来て、臆病になることもあるけど、それを解決し乗り越えていく術を見つけました。

たまに聞かれることがあります。

「今でもヒロのことは好きですか？」

好きですよ。大好きです。

「今でもヒロのこと大切ですか？」

大切です。

「ヒロのこと、忘れたときはありますか？」

ありません。

「ヒロのこと、忘れようとしたことはありますか？」

ありません。

「美嘉さんは今、幸せですか？」

はい。とっても……

空は今も青い。

晴れる日もあれば曇りの日、雨の日もある。
透き通っている日もあれば濁っている日もある。
私の思いは今もこの広大な空に繋がっています。
そばにいる大切な家族や仲間も一緒に、いつでもいつまでも繋がっています。
あの頃は苦しかったけど、あの経験があるから今がある。今の自分がいる。
大切過ぎて忘れられない思い。その思いに支えられてここまでやってこられた。
だから……
「幸せですよ、とっても！」

あの頃《恋空》を読んでくれた方、今回初めて《恋空》を読んでくれた方、皆様にお聞きしたいです。
「大切な人はいますか？　今、幸せですか？」

いつ何があるかわからないから、精一杯過ごしてください。
いつ最後になるかなんてわからないから、大切な人に大切だと伝えてください。
答えなんてどうだっていいんです。伝えられるときに伝えること。それが大事。

新装版を出版するにあたり携わってくれた関係者の皆様、有難うございました。
そしてこの本を手に取ってくれたあなたに、心より感謝いたします。
どうかみなさまの今日、明日、未来が、笑顔で溢れる素敵なものになりますように。
願っています。

美嘉

＜初出＞
本書は、スターツ出版刊行の単行本『新装版 恋空 ―切ナイ恋物語―(下)』(2018年12月)に加筆・修正したものです。

この作品は実話をもとにしたフィクションであり、人物名などは実在の人物・団体等には一切関係ありません。

一部喫煙・飲酒等に関する表記がありますが、未成年者の喫煙・飲酒等は法律で禁止されています。

物語の中に、法に反する事柄の記述がありますが、このような行為を行ってはいけません。

◇◇メディアワークス文庫

新装版《しんそうばん》 恋空《こいぞら》

—切《せつ》ナイ恋物語《こいものがたり》—（下《げ》）

美嘉《みか》

2022年２月25日　初版発行
2024年12月10日　４版発行

発行者　山下直久
発行　株式会社KADOKAWA
〒102－8177　東京都千代田区富士見2－13－3
0570-002-301（ナビダイヤル）
装丁者　渡辺宏一（有限会社ニイナナニイゴオ）
印刷　株式会社KADOKAWA
製本　株式会社KADOKAWA

●お問い合わせ
https://www.kadokawa.co.jp/（「お問い合わせ」へお進みください）
※内容によっては、お答えできない場合があります。
※サポートは日本国内のみとさせていただきます。
※Japanese text only

※定価はカバーに表示してあります。

Printed in Japan
ISBN978-4-04-914175-7 C0193
PB000052335

メディアワークス文庫　https://mwbunko.com/

本書に対するご意見、ご感想をお寄せください。

あて先
〒102-8177　東京都千代田区富士見2-13-3
メディアワークス文庫編集部
「美嘉先生」係

僕がきみと出会って恋をする確率

吉月 生

君と出会えた奇跡を、永遠に忘れない。たとえ君が人殺しだとしても。

　幼い頃に両親をなくしずっと孤独に生きてきた久遠。憂鬱な高１のある日、見知らぬ女の子いのりから告白される。

「君は私の運命の人です」

　強引ないのりに押し切られるように始まった関係は、やがてモノクロだった久遠の日常を鮮やかに変えていく。

　天真爛漫で、宇宙と量子力学と天体観測に夢中で、運命を強く信じているいのり。時折見せる陰に戸惑いながらも、彼女を好きになっていることに気づいた夏——。

　いのりは殺人事件を起こして、久遠の前から姿を消してしまう。

　運命の人に出会える確率は、0.0000034%——。切なすぎる衝撃のラストに、号泣必死の純愛ラブストーリー。

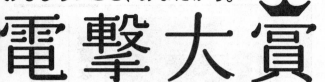